1.ª edición: septiembre, 2014

© Esteban Navarro, 2012, 2014
© Ediciones B, S. A., 2014
   para el sello B de Bolsillo
   Consell de Cent, 425-427 - 08009 Barcelona (España)
   www.edicionesb.com

Printed in Spain
ISBN: 978-84-9872-979-5
DL B 12096-2014

Impreso por NOVOPRINT
            Energía, 53
            08740 Sant Andreu de la Barca - Barcelona

Los fresones rojos

ESTEBAN NAVARRO

A Ester y Raúl, cada pensamiento

1

La tarde del quince de marzo de 2008, Genaro Buendía Félez recorrió a pie el tramo de la calle Providencia, antes de desembocar completamente empapado, en la calle Verdi de Barcelona. Era un día frío y lluvioso, lo que incrementaba en varios grados la sensación térmica a todos los viandantes que transitaban por la despoblada calle. A Genaro Buendía el agua le había mojado su afeitada cabeza y los zapatos producían un chasquido incómodo cada vez que daba un paso nuevo. En el bolsillo derecho de la chaqueta portaba una libreta pequeña de anillas con las últimas anotaciones de la investigación para la que había sido contratado. En las hojas anteriores había diversos datos inconexos de un vigilante de seguridad de Vilassar de Mar y de un guardia civil retirado de Canet, al lado de varias fechas seguidas de un signo de interrogación.

Genaro Buendía Félez se detuvo en la esquina de la calle Verdi y miró el reloj de pulsera fijando la vista en la esfera, su hipermetropía le obligaba a esforzarse más de lo necesario. Eran las seis de la tarde y en la calle solamente había un camión de reparto de bebidas. Un hombre, demasiado mayor para el trabajo que hacía y de prominente barriga, descargaba cajas de cerveza que dejaba sobre el paso de cebra frente a un bar.

Más arriba de la calle, frente al número cuarenta y cinco, del portal salió un hombre de unos cuarenta años, bien vestido y esgrimiendo un paraguas de color negro. Enseguida se refugió bajo uno de los balcones y miró al cielo en un gesto suplicante para que la lluvia cesara pronto. Desde su posición no tardó en darse cuenta de la presencia de Genaro Buendía Félez. Ya sabía que ese hombre había venido por la calle Verdi durante la última semana. Con el codo se tocó el arma que llevaba al cinto, en la región lumbar. Era la última alternativa; pero sería mejor no tener que utilizarla. Confiaba en su ingenio y sabía que se le ocurriría alguna forma más segura de acabar con ese investigador.

Más abajo, entre los dos hombres, continuaba enfrascado en la descarga del camión, el repartidor. De vez en cuando tenía que detenerse para evitar ahogarse, era un hombre demasiado grueso y mayor como para andar cargando cajas de cerveza. El ruido de los cristales chocando entre sí era lo único que se oía en toda la calle Verdi. El hombre del portal comenzó a recorrer el camino que le separaba del hombre de la esquina. Ambos tenían prácticamente la misma edad. Genaro Buendía Félez inició su ascenso hasta el número cuarenta y cinco y se detuvo, para refugiarse del agua, en la parte delantera del camión de reparto. El hombre del portal hizo lo mismo, pero en la parte trasera. El camión les separaba a ambos como una montaña puede dividir dos ciudades.

El repartidor terminó de descargar las cajas en el suelo y comenzó a llevarlas al interior del bar ante la mirada impasible de un cliente que se fumaba un cigarro en la barra. Al fondo, un camarero secaba unas copas de vidrio con un paño húmedo mientras ojeaba calmoso un programa de tertulias de la televisión. De vez en cuando se reía con las ocurrencias del presentador.

Fuera, el hombre del portal se decidió a actuar; era el mejor momento. No había nadie en la calle y la impunidad que le daba el anonimato en la parte trasera del camión eran sus mejores armas. Su mente fraguó un plan diabólico. Hoy era el día indicado y la casualidad su mejor aliada. Sorteó el camión por su parte derecha y llegó hasta Genaro Buendía Félez que esperaba deseoso a que la lluvia cesara. Estaba de espaldas observando el inicio de la calle Verdi y calculando en su mente los últimos avances de su investigación. Pensó en que ya casi todo estaba atado y bien atado.

El hombre del portal lo pilló por sorpresa y le golpeó con el canto de su mano en el cuello con tal dureza que se desplomó en el suelo inconsciente. La lluvia había reforzado su furia y una cortina de ráfagas de agua aporreaban el suelo de la calle. Luego, el hombre del portal, se acercó hasta la cabina del camión de reparto y desencajó el freno de mano. Las ruedas del camión pasaron por encima de la cabeza de Genaro Buendía Félez. Murió fulminado al instante. Un reguero de sangre se mezcló con el agua que salpicaba a borbotones la acera.

Desde el interior del bar el cliente que se fumaba un cigarro fue el primero que vio el camión resbalar por la calle. Se puso en pie enrojecido por la rapidez de su acción.

—¡Eh! —gritó—. Que se va solo. El camión. Que se va solo el camión.

El repartidor salió corriendo a la calle, todo lo rápido que sus gruesas piernas le dejaban caminar, pero nada pudo hacer por frenar el camión que se deslizó desbocado por encima de la acera hasta que chocó contra la primera esquina, la de la calle Providencia. La misma por donde hacía unos escasos minutos se había asomado Genaro Buendía Félez.

2

El policía nacional, Moisés Guzmán, trabaja en un espacio de apenas doce metros cuadrados, presidido por una mesa y rodeado de un ordenador y dos sillas. Desde el interior de la oficina se ven tres grandes ventanales que lo asoman al mundo. La vida a través de ellos. Lenta e inexorable. De vez en cuando lo despierta el chasquido rebelde de uno de los fluorescentes. Esos que han alumbrado cosas que ninguno de vosotros jamás creeríais: hombres llorando lágrimas tan grandes como pepitas de limón amargo. Niños entristecidos por las injusticias de un mundo injusto. La soledad más desoladora. Él vive en la frontera que separa el infierno del purgatorio, en un lugar donde no hay cielo. Vive donde viven los que no tienen vida.

Oficina de Atención al Ciudadano, reza el letrero de la entrada. Ya nadie de la Comisaría lo lee. La puerta, siempre abierta, oculta en su esquina superior la placa con el nombre. Es una lámina de chapa oxidada, clavada en la pared por cuatro tornillos; ninguno de ellos igual. Su morador es un hombre solitario, de pocos amigos. Lector apasionado de todo tipo de novelas, dedica su tiempo libre a partes iguales entre leer y hacer deporte. Fuma lo justo y cuida la alimentación lo necesario para no sobrepasar el límite de esos kilos que le atormentan la barriga, cada vez menos disimulada por el cinturón del uniforme. La semana pasada, sus compañeros le prepararon una fiesta sorpresa por su cumpleaños y brindaron con sidra. La sala del 091 les dio un respiro durante media hora. A las dos de la madrugada detuvieron la escasa actividad de una comisaría pequeña como esa y se relajaron en la trastienda de la oficina. Compartieron varias bandejas de picoteo y se fumaron cigarrillos mientras reían con las anécdotas: unas ciertas, otras inventadas, las más exageradas. Rieron con la cifra de su recién estrenada edad: cincuenta años.

—La mitad de una vida, Moisés —le dijo un policía de prácticas de apenas veinte años y recién incorporado a la plantilla.

—Eso suponiendo que vaya a vivir cien años —replicó él.

El resto de bromas hicieron especial hincapié en su incipiente calva y en lo próxima que estaba la jubilación. Los policías se podían ir a casa a los cincuenta y cinco años, eso sí, con mucho menos dinero. Al sueldo había que restarle los complementos: nocturnidad, turnicidad y destino. Poco premio para toda una vida dedicada a servir a los demás.

Después del festín todos se reincorporaron a su trabajo. Los coches salieron a patrullar y el agente de seguridad regresó a su puesto ante las cámaras de vigilancia de la puerta. Moisés se quedó solo, como siempre. Recogió las bandejas y vació el culo de la última botella de sidra en el fregadero. Luego se sentó abatido en el sofá ante el televisor y se encendió un cigarrillo de esos de los que siempre decía que sería el último.

«Algún día lo tengo que dejar», pensó mientras el humo se desvanecía chocando contra el techo y se perdía entre los fluorescentes.

Una de las chicas nuevas de prácticas: Helen, le preguntó si necesitaba ayuda. En realidad se llamaba Helena, y era una escultural mujerona de Santander, pero Moisés Guzmán la bautizó como Helen, muy dado a poner sobrenombres a todos los compañeros. Criada entre Santander y Madrid, hacía apenas dos meses que había llegado destinada a Huesca y ya había causado furor entre los compañeros masculinos. Pese a su juventud, veinticinco años, tenía las cosas claras.

—Si necesitas algo ya sabes —insistió.

Moisés levantó los ojos por encima de la montura de las gafas de leer y estuvo tentado de hacer un chiste fácil con la proposición de Helen, pero quizá la broma no le sentase bien a ella, así que únicamente dijo:

—No, gracias, Helen. Espero que hoy tengamos una noche tranquila.

Pero no fue así y poco después de las tres de la madrugada llegó hasta la oficina de denuncias un hombre a denunciar un hecho insólito. Era una noche fresca y una reconfortante brisa recorría la ciudad y el hombre le dijo al policía de seguridad que quería denunciar a una prostituta porque le había estafado en el servicio.

—Siéntese —le conminó Moisés.

Por la emisora llamó a una patrulla para que viniesen a echarle una mano, ya que estaba solo, y no podría atender la emisora y coger la denuncia al mismo tiempo. En un par de minutos llegaron Helen y Ramos.

—Haceos cargo de la sala —les dijo—. Voy a tomar una denuncia.

—¿Quieres que te ayude? —se ofreció Helen.

Él asintió con la cabeza.

Ramos, un policía veterano y de prominente barba salió al patio exterior a fumar un cigarro.

Aquel hombre estaba visiblemente nervioso: su pulso temblaba y balanceaba entre los dedos un bolígrafo que tomó de encima de la mesa. Su aspecto era de dejadez extrema: portaba una barba de varios días, muy descuidada, ropa sucia, como si hubiese estado trabajando toda la semana arreglando ascensores y no se hubiese duchado ni mudado de ropa tan siquiera un solo día.

—Usted me dirá —le solicitó Moisés.

—No sé por donde empezar —dijo él.

—Por el principio —le dijo mientras ponía un folio en blanco sobre la mesa y se disponía a tomar nota.

Helen se sentó al lado de Moisés y aquel hombre resbaló sus ojos por toda su silueta hasta detenerse en las piernas. Moisés no sabía qué quería adivinar bajo aquel uniforme incapaz de transmitir cualquier libido que hubiera podido tener su compañera.

—Esta noche he contratado los servicios de una prostituta —dijo con la boca reseca y emitiendo un molesto chasquido por la pastosidad—. Es una rumana muy guapa, que ya conocía de otras veces. Cincuenta euros y me la follaba en el trastero de mi casa.

—¿En el trastero? —interrumpió Moisés.

—Sí —afirmó él—. En los bajos de mi bloque están los trasteros y allí tengo un colchón viejo donde me follo a estas guarras —dijo.

Helen le clavó los ojos cuando dijo «guarras». Evidentemente no le gustaba esa expresión y menos venida de una persona como él.

—¿Y por qué no en su piso? —sugirió Moisés.

—¡Coño! —gritó él—. Porque allí está mi mujer.

Helen se incomodó visiblemente. No podía ocultar su desprecio por aquel denunciante. Moisés la miró conminándole con la vista a que no dijese nada. Oyera lo que oyera. Dijese lo que dijese.

—¿Cuál es el problema? —preguntó Moisés.

—Que pensé —siguió contando el denunciante— que por un poco más de dinero podríamos llegar más lejos. Follar por follar es poca cosa, ¿verdad? Y le dije que le daba cien euros si se dejaba sodomizar.

Helen se levantó de la silla y salió al patio a fumarse un cigarro con Ramos. O bien pensó que ya había escuchado bastante o que su presencia en la ODAC no era necesaria. Se cansó de oír tonterías.

—¿Qué quiere usted de la policía? —preguntó molesto Moisés, que empezaba a impacientarse.

—Pues que después de decirme que sí a la sodomización se ha echado para atrás la muy puta.

A Moisés le sorprendía que aquel hombre pudiese utilizar esa palabra, «sodomización», sabiendo lo que eso significaba. No encajaba con el resto de su lenguaje.

—¿Y dónde está el problema?

—Pues que me ha estafado... ¿entiende?

—Le entiendo, pero la policía no puede hacer nada en contratos entre particulares —le dijo para quitárselo de encima.

Finalmente aquel hombre se marchó como había venido, visiblemente ofendido, y albergando en su mirada un gesto de desesperación por la poca ayuda prestada por la policía. Moisés lo observó mientras traspasaba la puerta y dijo en voz alta, pero casi susurrando:

—¡Qué loco está el jodío!

Esa misma noche, y una hora después de marcharse de la ODAC, el denunciante violó a una prostituta en la carretera de Sariñena y fue detenido más tarde. Moisés pensó que si le hubiera hecho más caso quizá no hubiese ocurrido eso. Aunque después de leer la denuncia de la prostituta de la carretera se dio cuenta de que quizá los términos en los que se produjo la violación no estaban demasiado claros y bien pudiera ser una denuncia interesada. En cualquier caso el hombre ingresó en los calabozos y la prostituta se marchó con un aire de triunfo en su mirada que la delató como una arpía. Después de cerrar la puerta de la celda el gimoteo de un llanto llegó hasta la oficina a través del tragaluz del patio interior. Moisés se encendió otro cigarrillo y trató de inscribir el nombre del detenido en el libro de registro. Utilizó una pluma Montblanc plateada que le había regalado un denunciante satisfecho con un atestado sobre el robo de unas joyas de una familia pudiente de la comarca. Recuerda cómo rechazó la estilográfica hasta en tres ocasiones.

—El soborno de un funcionario público es un delito —le dijo.

—Tenga —replicó aquel hombre—. Tómelo como una dádiva.

—Lo siento —insistió—. No puedo aceptarlo de ninguna de las maneras.

El hombre se marchó desairado y al cruzar la puerta le dijo:

—De todas formas, gracias.

Al cabo de una semana llegó un paquete sin remitente a la comisaría y tras pasar el escáner de seguridad se lo entregaron a Moisés, pues él era el destinatario que figuraba en el membrete. Cuando lo abrió vio la pluma y una nota que decía: «Es toda una experiencia vivir con miedo..., eso es lo que significa ser esclavo.»

Después de recordar Moisés cómo llegó la pluma a sus manos, le quitó el capuchón y escribió el nombre del detenido en el libro de registro.

3

Al lunes siguiente de celebrar su cumpleaños, Moisés Guzmán, después de tres días de descanso, se encontraba de nuevo frente al ordenador donde pasaba su vida. Miró el reloj de la pared. De reojo y sin soltar el puñado de papeles que sostenía en la mano. Ya estaban a punto de dar las ocho de la mañana y todavía tenía que imprimir los partes del día anterior. Presentía que de un momento a otro sonaría el teléfono. Como siempre. El jefe de servicio le pediría los partes de trabajo, como hacía cada día desde los últimos veinte años. Vio Moisés, a través de la puerta entreabierta, que en la sala de espera había dos personas sentadas. El policía de la entrada le dijo que uno de ellos venía a denunciar una estafa a través de internet y el otro la pérdida de su pasaporte.

—En cuanto termine de imprimir los partes estoy con ellos —le dijo Moisés.

Luego cogió los papeles que acababa de escupir la impresora y los repartió ordenadamente en las cinco bandejas de plástico que había a su derecha. Un montón para Seguridad Ciudadana, otro para la Brigada de Judicial, otro para Extranjería, otro para Información y el último para Policía Científica. Acto seguido, anotó en el Libro de Diligencias el último número de registro. Era el 4500. Miró el cuadro de Juzgados de Guardia: esa semana estaba el Juzgado de Instrucción número Tres. Todas las denuncias que se tomaran durante ese día tendrían que ser remitidas a ese Juzgado. El juez del Tres tenía fama de quisquilloso. Su puntillosidad rozaba la paranoia. Todos los atestados remitidos a su juzgado debían repasarse varias veces, un error podría suponer un expediente disciplinario por parte de la Dirección de la Policía y la instrucción de diligencias por parte del juzgado. Aunque nunca se dio ningún caso, pero como se suele decir: el miedo guarda la viña.

Cuando ya estuvo seguro Moisés de que había realizado todas las tareas del inicio de servicio, salió al patio interior de la comisaría y se dispuso a encender un cigarrillo. El sol de agosto aporreaba el claustro con inusitada fiereza.

«Hoy hará calor», pensó entornando los ojos.

—En cinco minutos cojo la primera denuncia —le dijo al policía de la puerta cuando este se asomó por la ventana a recriminar que Moisés fumase tanto.

Mientras aspiraba el humo del cigarrillo, se fijó en los edificios que había enfrente. Un amasijo de hierros y hormigón descolorido. Siempre estuvieron ahí, semitapados por la fuente de la plaza. Encarrilados por un escueto grupo de plataneros deshojados que el Ayuntamiento no cuidaba demasiado. Escuchó el sonido de los coches retenidos en el semáforo, pero no los vio, la muralla que protegía la comisaría evitaba las miradas indiscretas de los viandantes. Unas risas le distrajeron, mientras apagaba el cigarro en el cenicero sucio y resquemado que había al lado de los motores del aire acondicionado; eran las mujeres de la limpieza que esperaban jocosas mientras se llenaban los cubos de agua en el cuarto trastero.

El portón del garaje se abrió y entró un coche patrulla. Moisés distinguió a Helen y Ramos en el interior del Citroën. Helen le guiñó el ojo desde dentro del coche, mientras Ramos daba volantazos para aparcar en el poco espacio que quedaba entre unas bicicletas intervenidas y dos ciclomotores. A Moisés le gustaban esas señas pícaras que le hacía Helen, como si entre ellos dos hubiese algo más. Ramos, por su parte, ausente en todo, se bajó del coche con un cigarro apagado en la boca y que encendió tras recuperar el resuello.

—Jodido calor —exclamó resoplando.

Moisés se metió un chicle de menta en la boca, para quitarse el olor a tabaco.

—¿Qué tal todo? —le preguntó Helen.

—Ahora que te veo..., bien —respondió Moisés.

Ella sonrió.

Luego entró en el despacho y se dispuso a coger la primera denuncia del día. Sentado frente al ordenador, el tren del mundo echó a andar de nuevo.

4

Cuando Moisés abrió la puerta de la sala de espera de la Oficina de Denuncias, se encontró a un hombre sentado en una de las muchas sillas que había en la antesala. Nunca las había contado, pero cuando eran más de dos los denunciantes que entraban a la oficina, cogía las sillas que le faltaban de esa sala de espera.

Aquel hombre vestía impecable a pesar del calor del verano. La calorina parecía no afectarle. Su frente permanecía seca. Sobre sus rodillas sostenía una cartera de piel marrón, y encima de ella un teléfono móvil de última generación, con pantalla táctil. Lo manoseaba entretenido, como si estuviera haciendo tiempo mientras esperaba. Tenía abundante pelo blanco peinado hacia atrás, que dejaba a la vista una frente arrugada. Pero lo que más llamó la atención de Moisés fueron sus ojos, que traspasaron enérgicos los cristales de las gafas de concha y se clavaron en los suyos como si quisiera perforarlo.

—Señor, ya estoy con usted —dijo Moisés desde el marco de la puerta.

—Gracias —respondió el hombre, y se puso en pie de inmediato.

Era un hombre alto, corpulento. Tendría sesenta años, supuso Moisés, y su aspecto general le recordó al de un médico. A pesar de la edad que aparentaba, su espalda estaba completamente erguida. Y como la sala de espera era relativamente pequeña, apenas tres o cuatro metros cuadrados, la voz de aquel hombre sonó atronadora. Sin entretenerse, atravesó enérgico la puerta de la sala de espera y entró en la oficina de denuncias. Moisés lo siguió.

—Siéntese, por favor —le indicó, señalando con la mano una de las dos sillas vacías.

El hombre se sentó y dejó la cartera de piel encima de la mesa. Al lado puso con cuidado el teléfono móvil mientras apagaba el sonido. Se quitó las gafas y las sostuvo en la mano. El policía se fijó en los dedos amarillentos de su mano derecha. «Fumador», pensó.

Moisés se puso en pie y cerró la ventana de la oficina. Seguidamente bajó un par de grados el termostato del aire acondicionado. Después cerró la puerta de atrás, donde estaba la sala del 091 y que utilizaban los policías de los coches patrulla para tomar café y fumar. Esa puerta no la solía cerrar casi nunca, pero le pareció que aquel hombre no había venido a poner una simple denuncia. Y es que después de veinte años en la ODAC podía adivinar Moisés las intenciones de los denunciantes nada más verlos entrar en la sala.

—Es usted muy amable —dijo el hombre—. ¿Trata así a todos los denunciantes?

Moisés no respondió.

Se sentó de nuevo en la silla delante del ordenador, cogió un papel reutilizable y sacó la pluma del bolsillo de su camisa. Se dispuso a resumir los detalles que le pudiera contar el denunciante.

—Y bien, señor... ¿en qué puedo ayudarle? Me ha dicho el policía de la puerta que quiere denunciar una estafa a través de internet.

—Quise ahorrar palabras con él. —Sonrió—. No me hubiera servido de nada explicarle por qué estoy aquí, así que dije lo primero que se me pasó por la cabeza.

—¿Una estafa?

—Así es.

—Entiendo por sus palabras... que no se trata de eso. ¿Verdad?

—Hace tiempo que sé de usted —dijo el hombre refiriéndose a Moisés—. Le conozco a través de los recortes de la prensa local y me consta que es muy admirado entre sus compañeros.

Moisés se incomodó. Se sintió enjabonado.

—No se moleste, por favor, pero me pareció la mejor forma de tener una charla amigable.

—Dígame qué quiere denunciar —exigió el policía—, no tengo todo el día y además hay más denunciantes esperando...

—¿Tienen más salas de espera?

—No.

—Entonces no hay más denunciantes —dijo—. En esa sala solo estábamos dos, y el otro señor he visto que se marchaba antes de cerrar la puerta.

Era cierto, el policía de la puerta le dijo al hombre que venía a denunciar la pérdida del pasaporte que tendría que esperar un rato. Seguramente había salido a tomar un café y era posible que no regresara hasta más tarde.

—Pero vendrán más a lo largo de la mañana. Eso se lo puedo asegurar —afirmó Moisés.

—Bien, iré al grano. Solamente necesito unos minutos de su tiempo —dijo el hombre con una mueca de desaprobación que no pudo ocultar.

Moisés dejó la pluma sobre la mesa, ya que intuyó que no tenía que coger apuntes de ninguna denuncia y apartó el papel donde iba a tomar las notas.

—Soy médico.

Al policía no le sorprendió esa afirmación, ya que lo sospechó desde que le vio por primera vez en la sala de espera. De pequeño visitó tantos médicos a causa de las enfermedades de sus padres que los podía distinguir incluso entre una multitud de personas. Tenían los doctores un aspecto especial que los diferenciaba del resto de personas.

—Ejerzo desde hace más de treinta años y la mayoría del tiempo lo hice en una clínica de Barcelona, aunque también he estado en Zaragoza, Madrid, y parte de mi carrera la fragüé en Nueva York y Finlandia. Soy oncólogo —concluyó, con un énfasis especial en la palabra.

Al no nombrar Huesca es por lo que Moisés entendió que no le fuese familiar la cara de aquel doctor. Huesca era una ciudad pequeña y prácticamente se conocía todo el mundo. El médico se dio cuenta de su apreciación.

—No vengo mucho a su ciudad, por eso no me conoce, seguramente —dijo.

—Siga —le dijo el policía.

—Los últimos años de mi carrera me he dedicado a la medicina familiar, tengo una pequeña consulta en Zaragoza y doy clases en la Universidad a alumnos de quinto de carrera.

Moisés miró de reojo el reloj de pared que había a su derecha. El hombre se percató de su impaciencia y se molestó.

—Discúlpeme, me estoy alargando demasiado —afirmó—. Me llamo Eusebio Mezquita.

El policía repitió el nombre en su cabeza, pero no le sonó de nada.

—Seguramente mi nombre no le sonará de nada; aunque hace años fui portada de las más importantes revistas de medicina. Bueno, eso es otra historia...

Moisés estuvo tentado de escribir el nombre en un papel, pero procuró repetirlo un par de veces en su cabeza para no olvidarlo: Eusebio Mezquita, Eusebio Mezquita...

—En mis comienzos, cuando estaba en Barcelona, inicié una serie de estudios de los tumores cancerígenos, en compañía de un socio, también oncólogo. El doctor Albert Bonamusa, ¿le suena el nombre?

El policía negó con la cabeza.

—Bien, Albert y yo creíamos que en la formación de tumores, así como el cáncer, o cualquier tipo de enfermedad mortal, el componente esencial era la sangre.

Moisés se dio cuenta de que el médico usaba un lenguaje simple para que él pudiera entenderlo mejor.

—La sangre es todo para el cuerpo humano. Es el transporte de nutrientes, de oxígeno, de enfermedades.

Todo en nuestro organismo gira alrededor de la sangre. En una palabra es la logística de distribución e integración sistémica.

Moisés asintió con la barbilla; aunque no entendía mucho de medicina. Pero lo que le estaba contando el médico era de primero de bachillerato.

—De todos los componentes que tiene la sangre, el más importante, sin duda, son los glóbulos blancos. Ellos forman parte de los efectores celulares del sistema inmunológico. Son células con capacidad de desplazarse por todo el cuerpo, utilizando para ello la sangre como medio de transporte.

El teléfono interrumpió la conversación.

—ODAC —dijo Moisés al descolgar—. Sí, cuatro. A las once.

Colgó.

—¿Le estoy entreteniendo?

—Es el juzgado de guardia que quiere a los detenidos a las once de la mañana —dijo Moisés.

—Déjeme tan solo quince minutos más y enseguida sabrá por qué estoy aquí y qué quiero de usted.

Moisés asintió; aunque comenzaba a impacientarse. Quince minutos era mucho tiempo.

—Como le iba diciendo, los glóbulos blancos son las células más importantes de la sangre y por ende del organismo. Mi socio, Albert Bonamusa, y yo, conseguimos aislar en el laboratorio las células y experimentamos con orina de buitre.

Moisés torció el rostro en señal de repugnancia.

—Sí, entiendo su contrariedad, pero el buitre es un animal capaz de devorar cadáveres muertos por enfermedades y no contraer la afección que mató a su presa. La investigación de mi socio y yo se centró en ese aspecto. Estuvimos varios años experimentando, sin conseguir nada. No entendíamos cómo podía ser que lo que funcionaba en los buitres no era aplicable al ser humano. Incluso probamos con cobayas, pero no conseguimos nada tampoco.

El teléfono volvió a sonar, pero esta vez Moisés lo descolgó y lo volvió a colgar. Luego comprobó que había línea y lo dejó descolgado para que nadie les interrumpiera más.

—Hablaré deprisa y no me extenderé mucho —dijo el médico—, ya que explicar en quince minutos los experimentos de tantos años..., sería tarea imposible.

—Entiendo —asintió Moisés.

—Cuando ya habíamos agotado todas las posibilidades, tuvimos una idea que al principio nos pareció descabellada, pero que conforme la fuimos desarrollando, pensamos que sería el último experimento que nos diría si nuestro proyecto era viable o no. Albert Bonamusa estaba casado y su único hijo, una niña, nació con una enfermedad congénita, que de no remediarlo la haría fallecer en breve. La pequeña Alexia Bonamusa nació con la «peste de los huesos».

—¿Peste de los huesos? —repitió Moisés en voz alta.

—Sí, no me extraña que no haya oído hablar de ella. Solamente hay un centenar de casos en todo el mundo. Los huesos son frágiles, como el cristal. Y el caso es que el deterioro aumenta con la edad. Los niños con esa enfermedad fallecen antes de llegar a cumplir los seis o siete años. Los Bonamusa llevaron a su hija a una clínica americana, y tras realizar varias pruebas advirtieron que el final estaba próximo. Así que el matrimonio optó por traerla de vuelta a España y esperar el cruento desenlace.

—Señor Mezquita —interrumpió impaciente Moisés— ¿Qué quiere exactamente de mí?

—¡Vaya! Señor Guzmán, veo que su trabajo lo tiene completamente absorbido y no puede dedicarme tan solo quince minutos del tiempo de unos denunciantes que aún no han llegado.

—No quiero ser grosero ni descortés, pero la historia que me está contando...

—Ya sé... ya sé, a usted ni le va ni le viene... ¿verdad? Le aseguro que cuando termine le sabrá mal haberme interrumpido tantas veces.

El policía arqueó las cejas y el médico supo que la última frase no era la adecuada.

—Se lo ruego —suplicó—, ya estoy terminando.

Moisés le autorizó, con la barbilla, a que siguiera hablando. Al oír su apellido en boca de aquel desconocido le hizo sentirse más cómodo, ninguno de sus compañeros le llamaban Guzmán.

—La pequeña Alexia tan solo tenía tres años y su final estaba próximo. Una noche, siendo ya muy tarde llamaron a la puerta de mi piso. Era Albert Bonamusa, y traía a su hija en un pequeño carro de bebé. Yo supe para qué había venido a verme. Él me miró llorando y me dijo que era la última oportunidad de salvar a su hija. Le pregunté si la madre tenía conocimiento de lo que planeaba hacer. Negó con la cabeza. «Sabes que nos acusarán de asesinato si muere.» «Morirá de todas formas», me dijo. Su mujer, Felisa Paricio, era doctora en el ambulatorio de Mataró y estaba al tanto de los experimentos de su marido, pero ignoraba las pruebas que quería hacer con su hija. Cogimos mi coche y nos fuimos los tres hasta el laboratorio de la clínica. Mentimos al vigilante sobre los motivos que nos llevaron para ir allí a esas horas. Él no anotó nada en su parte de servicio y se limitó a seguir escuchando la radio.

Moisés chasqueó los labios y el médico abrevió en sus explicaciones.

—Experimentamos con ella. Le administramos glóbulos blancos tratados con células de buitre. No voy a profundizar en el tipo de experimento realizado, pero le diré que aquello funcionó. En apenas un mes la pequeña Alexia se recuperó de la peste de los huesos.

—Una historia muy bonita —dijo el policía tratando de ser grosero.

—Con las prisas —continuó el médico, omitiendo el comentario de Moisés—, no anotamos el tipo de tratamiento. No hace falta decirle que después de aquello probamos varias combinaciones y no supimos cuál fue la correcta. Pero el caso es que el experimento funcionó y eso era suficiente para nosotros, pues supimos que la cura de la enfermedad de Alexia existía y era posible.

—¿Y...?

—Pues que el secreto del tratamiento contra cualquier tipo de enfermedad, es decir, la sangre inmortal, está en la sangre de la pequeña Alexia.

El policía frunció el entrecejo sin comprender dónde radicaba el problema.

—Seguramente se estará preguntando por qué no hicimos un análisis de sangre a la niña y desvelamos la fórmula aplicada para curar su enfermedad.

—Cierto.

—Pues sencillamente porque la niña no está. Es muy largo de explicar, pero después de aquella noche tanto mi socio Albert Bonamusa como su mujer Felisa Paricio murieron asesinados y la pequeña Alexia desapareció.

—¿Lo denunció a la policía?

—De eso hace ya trece años —sonrió el médico—. Usted debe acordarse de lo sucedido ya que fue portada de la prensa durante muchas semanas y todas las revistas se hicieron eco de la noticia.

Moisés quiso recordar el titular.

—¡Los Bonamusa! —exclamó—. Ya me acuerdo. Los médicos que fueron hallados asesinados en la habitación de matrimonio de su piso de Barcelona. Los noticiarios hablaron de una niña desaparecida...

—Sí, la prensa fraguó todo tipo de hipótesis acerca de la muerte de los Bonamusa y la desaparición de la niña: ajuste de cuentas, secuestro, robo...

—¿Y cuál cree que fue el motivo?

—Eso es lo que me gusta de usted señor Guzmán —alabó el médico—, que su mente trabaja como la de un policía.

—Soy policía —afianzó.

—No creo que nadie sepa que la niña lleva en su cuerpo la piedra filosofal de la sangre inmortal. Ni siquiera creo que ella misma lo sepa.

—¿Está viva?

—Eso tampoco lo sé, aunque sospecho que sí.

—¿Por qué no probó el experimento de nuevo?

—Para responder a esa pregunta necesitaría más de quince minutos. No tenemos tanto tiempo... ¿verdad? Voy a ir al grano.

—Se lo ruego.

—Necesito que encuentre a esa niña. Sé que está viva y que está en España. Lo que no sé es dónde.

—Ha habido una confusión, señor Mezquita —dijo Moisés—, yo soy un humilde policía de oficina de denuncias —recalcó lo de humilde—, y no puedo permitirme el lujo de hacer investigaciones que me sustraigan de mis quehaceres diarios.

—He pensado en eso —dijo—. Le pagaré más de lo que usted pueda ganar. Tan solo le pido que se dedique a encontrar a esa niña durante las próximas semanas. Incluso podemos fijar una fecha límite. Por ejemplo cincuenta días... ¿qué le parece?

—Pero señor Mezquita...

—Cincuenta días de excedencia que yo le pagaré por adelantado —no le dejó terminar de hablar—. Durante esas semanas le daré cinco mil euros semanales, más cien mil euros nada más aceptar el trabajo. Podrá dedicarse en cuerpo y alma a buscar a Alexia. ¿Cuánto gana usted? ¿Dos mil euros al mes?

—No sé —objetó Moisés—, la oferta que me hace es atrayente, desde luego, pero...

—Es algo que le debo a mi socio, a su mujer, a esa niña, y a todo el mundo que saldrá beneficiado con la sangre inmortal. ¿Se imagina? Adiós a las enfermedades.

Moisés buscó en los ojos del médico algún asomo de locura que le hiciese desistir de aceptar como ciertas sus palabras. Pero aquel hombre se veía muy cabal y en su sano juicio.

—Aquí tiene mi teléfono —le anotó un número en un papel y se lo acercó hasta el teclado del ordenador—. No hay prisa. Esperaré unos días su llamada.

Los dos se levantaron a la vez y estrecharon sus manos. El señor Mezquita se marchó y Moisés atendió a una pareja que esperaba en la sala para denunciar el robo de un coche.

—¿Todo bien? —le preguntó el policía de la puerta.

—No. Necesito un cigarro —respondió Moisés. Y salió al patio a fumar.

5

Durante el resto del servicio, el policía Moisés Guzmán no pudo concentrarse en su trabajo. Era el mayor problema al que tenía que enfrentarse continuamente: su mente inquieta. Cogió varias denuncias a las que apenas prestó atención. Su cerebro divagó con la escena del médico ante él ofreciéndole el trabajo de su vida. Repitió incesante las palabras acerca del experimento. Los estudios de oncología en Barcelona. La niña. Trece años de misterio. La temperatura en la oficina de denuncias se hizo irrespirable. Tuvo que bajar varios grados el aire acondicionado, contraviniendo las recomendaciones del Ministerio de Industria, que aconsejaba temperaturas de 24 grados. La camisa se le pegó a la espalda y fumó cinco cigarrillos más de los acostumbrados. La chica de la sala del 091 se dio cuenta de su incomodidad.

—¿Estás bien, Moisés?

—Un poco cansado —respondió, a falta de una excusa mejor.

El policía salió al vestíbulo principal y le indicó al

policía de la puerta que no pasase ninguna denuncia más durante un buen rato.

—Ya te avisaré —le dijo—. Tengo que cerrar un par de atestados —mintió.

Se sentó de nuevo delante de su ordenador y abrió la aplicación de diligencias policiales. Desde allí podía buscar cualquier dato a nivel nacional. Lo que fuera. Podía saber si una persona había puesto una denuncia, si la habían denunciado, si había estado detenida, si su Documento Nacional de Identidad estaba caducado, si tenía en vigor el carné de conducir, si tenía coche, si estaba al corriente del pago del seguro. Dentro de esa misma aplicación podía acceder a una base de datos más completa donde se podía saber si alguien había sido identificado, por ejemplo en un aeropuerto, en un paso fronterizo o en la vía pública. También podía averiguar los hoteles donde una persona había pernoctado y cuántas noches. Había varios campos de búsqueda, el principal era mediante el documento, pasaporte o permiso de residencia, en caso de ser un extranjero. Pero también cabía la posibilidad de buscar por nombre y apellido, o la combinación de ambos. Cuantos más datos introdujera, más tiempo tardaría el programa en dar el resultado.

Del extraño doctor solo conocía nombre y primer apellido, por lo que no podía peinar la base de datos de la policía. Necesitaba averiguar su segundo apellido. Pensó que quizá tuviera antecedentes policiales, algo improbable, de ser así lo encontraría enseguida. Abrió la aplicación y metió el nombre: Eusebio. Después en el otro campo el apellido: Mezquita. Pinchó sobre la opción «buscar por nombre y un apellido». El ordenador estuvo pensando unos segundos y después mostró una pantalla con quince resultados. En total había quince personas en todo el estado español que se correspondían con los datos Eusebio Mezquita. Descartó los menores de cuarenta años. Solo le quedaban tres. De esos tres, dos tenían fotografía. Abrió las dos pestañas y comprobó que las imágenes no eran la del doctor. Tan solo le quedaba uno que encajaba con los datos de que disponía: Eusebio Mezquita Cabrero. Pinchó en la opción «filiación». Dentro de ella extrajo el número de DNI. Después abrió la aplicación Atestados y la introdujo. En unos segundos tenía los datos completos del doctor. Eusebio Mezquita Cabrero, nacido en Barcelona el 15 de abril de 1949, hijo de Aurelio y Petra, domicilio en calle Verdi número 41, 1.º, sin teléfono. Los datos de la aplicación no estaban actualizados, ya que se modernizaban cada vez que alguien renovaba el DNI, delinquía o presentaba una denuncia. Al doctor le constaba un antecedente policial de hacía trece años. Le llamó la atención a Moisés la coincidencia de la fecha con la muerte de su socio y la mujer de este y la desaparición de la niña. Entró en la gestión de antecedentes. No aparecía la causa de la detención. Más abajo, dentro de observaciones, vio que no había sido detenido, sino investigado. La aplicación bebió de la base de datos del GATI (Grupo de Análisis y Tratamiento de la Información). El doctor Mezquita estuvo investigado, pero las claves de acceso de Moisés Guzmán no servían para acceder a ese tipo de información. Miró la fecha de la investigación: 16 de agosto de 1996. El día siguiente de la muerte de los Bonamusa. Entonces la policía de Barcelona investigó al doctor Mezquita por su posible participación en el doble asesinato, se dijo a sí mismo en voz baja. La referencia del GATI constaba de un número, lo anotó en un papel en blanco: B/0145/96. Investigación número 145 del año 1996 de Barcelona. Las anotaciones del Grupo eran escuetas y el que hubiese tan pocas se debía a que en 1996 no todas las Brigadas policiales insertaban sus datos en el GATI. En esas fechas la informática aún no había calado en los viejos policías y la mayoría de las comisarías solamente disponían de un ordenador. Fue a partir del año 2000 cuando se empezaron a centralizar las bases de datos, pero el volcado se hizo de forma manual y austera y solamente incluyendo los campos básicos y más importantes.

Moisés salió de la oficina de la ODAC.

—Yonatan, si preguntan por mí estoy haciendo gestiones en la planta de arriba —le dijo al policía de la puerta.

—OK —replicó el otro—. Ya les he dicho a dos denunciantes que viniesen por la tarde, que ahora no funcionaba el ordenador.

Moisés sonrió y subió por la escalera hasta la primera planta. Al fondo del pasillo estaba la oficina del GATI. Un inspector mayor era el encargado de gestionar la información de la base de datos de las investigaciones. El policía tenía que arreglárselas para sacarle la información referente al expediente número 145 del año 1996 de Barcelona. Generalmente los datos se solicitaban por escrito y había que motivarlos, es decir, explicar para qué se querían. En este caso Moisés intentaría sacar la información sin que quedara constancia de ello.

—¿Se puede? —dijo desde el marco de la puerta.

La habitación del GATI apenas medía dos metros cuadrados. No había estanterías, tan solo un potente ordenador y un armario con formularios. Frente al ordenador había un inspector de policía a punto de jubilarse. La pequeña sala olía a rancio y cerrado.

—Hola, Moisés —dijo sin levantar la vista del teclado.

El inspector estaba absorto metiendo datos que copiaba de un papel apoyado en el monitor. Al advertir la presencia del policía paró de teclear y con la mano derecha se acarició la poblada barba. Después perfiló el bigote como si lo pellizcara y miró con aspecto cansado a Moisés, que esperaba junto a la puerta.

—¿Mucho trabajo?

—De momento está la mañana tranquila —dijo—. Necesito algo del GATI.

El inspector lo miró inquieto. Apartó ordenadamente los papeles que transcribía y le hizo un ademán con la cabeza para que entrase y cerrara la puerta tras de sí.

—Y bien.

—Un amigo de un amigo me ha pedido datos sobre una investigación y quería saber qué había en el GATI referente a ella.

El inspector lo miró sabedor de que no existía ese amigo y que el interesado era él.

—¿Cuánto tiempo hace que nos conocemos? —le preguntó.

Moisés no quiso responder.

—¿Vas a ayudarme?

—Sí, pero para extraer datos del GATI tiene que haber un motivo. Ya sabes que la Ley de Protección de Datos es rigurosa. No sé por qué me da que no es algo limpio lo que quieres saber.

—Un amigo me ha pedido un favor.

—¿Amigo, favor? En los últimos cinco años, es la primera vez que entras en mi despacho. Siempre que nos vemos es en el patio interior fumando un cigarrillo o en la cafetería tomando un café. Nunca te han interesado las investigaciones abiertas ni el desarrollo de las mismas. Nunca has sido amigo de hacer favores, ni te has comprometido con nadie para copiar datos de las aplicaciones policiales. Y ahora, hoy, entras aquí y me dices que quieres extraer información del GATI porque un amigo te lo ha pedido.

Moisés se calló unos instantes. Luego dijo:

—Supongo que de nada me sirve mentir. Una persona quiere contratarme para que trabaje para él.

—¿De escolta? —El inspector sonrió—. Estás muy mayor para eso.

—No —chasqueó los labios Moisés—, quiere que investigue un caso de hace trece años. En Barcelona.

—Ummm, parece interesante.

—Hace trece años mataron a un matrimonio amigo de él y desapareció la hija de ambos. Ahora quiere saber dónde está la niña.

—¿Después de tanto tiempo?

—Sí, parece ser que en su día no encontraron a los asesinos ni a la chica y piensa que es algo que les debe a sus amigos. ¿Me vas a hacer más preguntas?

—¿Tienes algún dato? —preguntó el inspector.

—Tengo el número de investigación —dijo—. Es la B/0145/96.

—De Barcelona —masculló—. ¿Y tan antigua? —se preguntó en voz baja el inspector—. No creo que haya nada en el GATI. Has de tener en cuenta que en el año 1996 la informática apenas estaba implantada en la policía y los datos que se manejaban eran muy escuetos.

—Sí, pero cuando se empezó a informatizar todo se grabaron muchos expedientes de los antiguos archivos para ir nutriendo poco a poco las aplicaciones.

—Solo los importantes —cuestionó el inspector.

—Esta lo es —dijo Moisés—. Fue un asesinato doble y una desaparición de una menor de edad al mismo tiempo. Estoy seguro de que está grabado.

El inspector tecleó en el ordenador. Despacio, como con miedo a equivocarse. Esperó unos instantes y arrugó la frente. Luego anotó un número largo en un folio. Cogió el ratón y dio unos cuantos clics. A continuación anotó otro número seguido de letras. Enseguida empezó la impresora a escupir folios. Salieron cuatro hojas, la última en blanco.

—Algo hay; aunque poco —dijo—. Efectivamente hubo una investigación abierta el 16 de agosto de 1996 en la Jefatura de Barcelona. La noche anterior asesinaron a un importante matrimonio de la Ciudad Condal y desapareció la hija de tres años que vivía con la pareja. La policía puso a trabajar a varios agentes en la investigación encabezada por un inspector: Pedro Salgado. Hay varios nombres de vecinos, familia, etcétera. Las declaraciones no están grabadas, pero seguro que estarán en los archivos de la Jefatura de Barcelona. Los únicos datos que insertaron fueron los nombres y las fechas.

—¿Sale ahí el nombre de Eusebio Mezquita? —preguntó Moisés.

—Sí, también le tomaron declaración —respondió el inspector.

—Normal —dijo—, era muy amigo del matrimonio.

—¿Es quien te ha contratado?

El policía asintió con la cabeza.

—Pues vete con cuidado compañero. —El inspector frunció el entrecejo—. Aquí dice que le tomaron declaración como sospechoso.

Moisés le dio las gracias y salió del despacho, con una nube de duda en su interior. Anduvo pensativo por el pasillo y bajó las escaleras hasta la ODAC.

—Tienes dos denuncias —le dijo el policía de la puerta.

—Oye —replicó Moisés—, mira de convencerlos para que vengan esta tarde, o mejor mañana por la mañana. Tengo cosas que hacer y no puedo entretenerme.

—No te preocupes, así lo haré —le dijo Yonatan guiñándole un ojo.

Moisés Guzmán cerró la puerta tras de sí y se sentó agotado en la silla de su despacho. Movió el ratón hasta que se activó la pantalla. El monitor chasqueó y parpadeó un par de veces. La ficha del DNI de Eusebio Mezquita aún se podía ver en el monitor. Sostuvo entre los dedos, dándole vueltas, el trozo de papel con el número de teléfono del doctor. Era una piscina. Tirarse o no tirarse. Recapacitó en lo absurdo de enfrascarse en una aventura que para nada iba con él. Aunque era mucho dinero. De salir bien podría retirarse y dejar de trabajar por las noches y los fines de semana y los festivos. De salir mal no perdía nada, tan solo cincuenta días de trabajo sobradamente pagados. Sopesó los pros y los contras.

«¿Y si el doctor Mezquita fue quien mató al matrimonio y quiere buscar a la hija para matarla también, al ser testigo?»

No era descabellado pensar en esa posibilidad. Podría desenmascararlo. De aceptar el trabajo tendría que hacerle muchas preguntas. Aunque... ¿qué podría haber visto una niña de tres años? Y en caso de presenciar la muerte de sus padres... ¿qué podría recordar? El número seguía dando vueltas entre sus dedos.

Finalmente descolgó el teléfono y llamó al doctor.

—Señor Mezquita —dijo—. ¿Podemos hablar?

6

El lunes siguiente, a mediodía, y antes de salir de la Comisaría de Huesca, Moisés Guzmán solicitó el mes de vacaciones y rellenó los papeles para la excedencia temporal de cincuenta días. El secretario de la comisaría no le hizo preguntas, pero le extrañó el aspecto del policía, lo vio como confundido. Moisés, por su parte, aún tenía pendiente comprobar que el señor Mezquita le había transferido los cien mil euros pactados a su cuenta; aunque la experiencia en conocer a la gente le dijo que la persona que lo había contratado era de fiar.

Tras aceptar el trabajo, y pendiente como estaba de comprobar la transferencia, Google fue el primer lugar donde Moisés Guzmán buscó información para documentarse sobre la extraña muerte del matrimonio Bonamusa y la desaparición de su hija Alexia. Quería saber todo lo referente al encargo que le hizo el doctor Eusebio Mezquita. Los hechos acontecidos se remontaban al mes de agosto de 1996. El día dieciséis de ese mes saltó la noticia en todos los periódicos. Era viernes y el matrimonio fue asesinado en su piso de la calle

Verdi número cuarenta y cinco, la noche del jueves. Los últimos en verlos con vida fueron unos vecinos del piso inmediatamente inferior, con los que el matrimonio charló antes de entrar en casa. Los Bonamusa vivían en un tercer piso y nunca cogían el ascensor, ya que Albert tenía fobia a los espacios cerrados. Felisa, por su parte, era una mujer muy deportista, y le gustaba subir por las escaleras cargada con el carro de la niña y la compra. La noche del jueves regresaban a casa de cenar con unos amigos, nunca se supo quiénes fueron, pero ese comentario se lo hizo Felisa Paricio a los vecinos del segundo cuando se entretuvo hablando con ellos. La niña estaba muy recuperada de su enfermedad y los vecinos alabaron el buen estado en que se encontraban ambas, ya que la madre había recuperado también la sonrisa.

El piso del número cuarenta y cinco de la calle Verdi era un auténtico palacete. Tenía casi doscientos metros cuadrados y estaba distribuido en cinco habitaciones, tres cuartos de baño completos, dos terrazas, una cocina, un salón de lectura y una habitación que hacía las veces de cuarto de planchar, o así lo llamaban en el extenso artículo del diario *La Vanguardia* de ese fatídico día. El matrimonio que vivía en el piso de abajo: dos sesentones solitarios, dijeron a la policía que no oyeron ningún ruido la noche que mataron a los vecinos de arriba. Los investigadores sacaron una copia del parte de servicio de la Guardia Urbana, fechado tres meses atrás, donde se registraba una llamada a la policía municipal informando de un jaleo en el tercer piso de la calle Verdi número cuarenta y cinco. Ese día, el once de mayo de 1996, Pere Artigas y Sonsoles Gayán, llamaron a la policía local por los continuos follones del piso superior. La Guardia Urbana levantó un acta por el ruido y sancionó a los Bonamusa, que estaban celebrando una fiesta. En la vivienda hallaron, junto al matrimonio, dos parejas más, uno de ellos con un niño de siete años, el cual aporreaba un piano que los Bonamusa tenían en el comedor. Ese ruido molestó a los vecinos de abajo, los Artigas, y en vez de subir a decírselo a sus vecinos, optaron por llamar a la policía. El caso es que el servicio quedó registrado y sorprendió a los investigadores que los vecinos de abajo, tres meses atrás, oyeran el ruido de un piano, y la noche del asesinato no oyesen el escándalo que se tuvo que montar después de ver cómo había quedado el piso. Moisés Guzmán se rascó la barbilla cuando lo leyó.

Los agentes que llegaron al lugar del crimen la madrugada del viernes 16 de agosto de 1996 se encontraron con un espectáculo dantesco. El piso estaba completamente revuelto. Los armarios de las habitaciones tumbados sobre el suelo. Los cajones de los muebles sacados y vueltos hacia abajo. Las bombillas de las lámparas rotas. Albert Bonamusa yacía en el suelo de la habitación en posición decúbito supino, sosteniendo en su mano derecha, con la palma abierta, una figura de bronce, que seguramente quiso utilizar como arma para defenderse de su agresor. La figura era un caballo montado por un jinete con cabeza de hiena. Muy curiosa. A Felisa Paricio la encontraron encerrada en la habitación de planchar. Encerrada con llave, destacaba el informe. Y hallaron manchas de sangre en el teléfono de la pared de la habitación, por lo que se supo que estuvo a punto de hacer una llamada de emergencia. Tanto el señor Bonamusa, como su mujer, murieron por fractura craneal con un objeto contundente. Pero los dos presentaban otras lesiones previas. Felisa Paricio tenía la cabeza completamente repleta de sangre, ya seca, y la figura de bronce que sostenía Albert en sus manos pudo ser el objeto que mató a su mujer. El investigador encargado del caso, el inspector Pedro Salgado, dijo que alguien se la puso en la mano para simular que fue él quien la mató. Pero, además, ella tenía unas pronunciadas marcas en el cuello, muy finas. Diríase que fueron hechas con un alambre o una cuerda. Él, a su vez, presentaba una profunda herida de arma blanca en el costado, justo a la altura del pulmón izquierdo. El informe constataba que se la pudo hacer su mujer, ya que era zurda. A todas luces parecía que se habían matado entre los dos, pero era tan evidente que los investigadores lo descartaron por absurdo. El caso es que el informe final concluyó que alguien entró en el piso con intención de robar o de secuestrar a la niña. Que los asaltantes se enfrascaron en una violenta pelea con el matrimonio Bonamusa y que tras darle muerte a los dos se marcharon llevándose a la hija de ambos.

El inspector de la Policía Nacional nombrado para investigar el caso hizo especial hincapié en su informe en el hecho de que los Artigas, el matrimonio que vivía en el piso inmediatamente inferior, no hubiesen oído nada la noche del crimen, cuando tres meses antes emitieron una queja por el aporreamiento de un piano de los Bonamusa, por parte de un niño. En el diario de *La Vanguardia* no decía el nombre, pero en el diario *El*

País sí que lo nombraron: inspector Pedro Salgado. Seguramente ya estaría jubilado, pensó Moisés, ya que en una de las fotografías donde se le veía dando una rueda de prensa aparentaba más de cincuenta años; ahora tendría casi setenta. Respecto a los vecinos se hacía mención en *El Periódico de Catalunya* que eran sesentones, por lo que supuso Moisés que de seguir vivos tendrían setenta y pocos años.

Se entretuvo Moisés buscando recortes de prensa en Google Noticias acerca de la hija del matrimonio Bonamusa. El matrimonio del piso de abajo no dijo que recordara ver a la niña cuando los vieron por última vez, por lo que cabía la posibilidad de que esa noche no estuviese ella en el piso. «¿Dónde está la niña?», rezaba en letras grandes un titular de *La Vanguardia*. El mismo inspector nombrado para investigar la muerte del matrimonio fue el encargado de seguir el rastro de la pequeña Alexia. El problema es que no había ninguna pista, parecía como si la niña no hubiese existido nunca. En un programa de televisión, al año siguiente del asesinato, el inspector fue invitado. Era un espacio de tertulia dedicado a casos sin resolver. El inspector Pedro Salgado fue por unas doscientas mil pesetas, de las de entonces, casi el doble de una mensualidad de la época, y le preguntaron sobre la extraña desaparición de la niña. Moisés Guzmán encontró constancia de ello en dos vídeos de Youtube, los cuales llegó a visionar una decena de veces en una calidad de imagen pésima. Le sorprendió que cuando el entrevistador le preguntó por la niña, dijera que quizás esa niña no hubiese existido nunca. Entonces el contertulio extrajo los papeles de la partida de nacimiento y fotografías de los Bonamusa, a los dos días de salir de la clínica donde Felisa dio a luz. Pedro Salgado se defendió con una pregunta: «¿Y si la niña existe, dónde está?» «Ese es su trabajo inspector», replicó el entrevistador. Durante el año siguiente la noticia fue perdiendo fuelle, y a nadie más le interesó quién mató a los Bonamusa y por qué. La desaparición de Alexia pasó al olvido y quedó como parte importante del asesinato, llegando incluso a especularse que al matrimonio lo mataron por el secuestro de la niña. De cualquier forma fue un caso sin resolver.

En los distintos recortes de prensa que leyó, se dio cuenta Moisés que ese año fue cuando comenzó el despliegue en Cataluña de la policía autonómica. Los Mossos d'Esquadra sustituirían a la Policía Nacional y a la Guardia Civil, con el apoyo de las policías locales. Por lo tanto, era posible que el crimen de los Bonamusa se hubiera producido en tierra de nadie y que a raíz del cruce de competencias no se hubiese investigado convenientemente.

En enero de 1997, un periodista con ganas de hacerse famoso, volvió a destapar el caso. La noticia saltó a la palestra de nuevo, cuando ese periodista-investigador, Luis Ribera, publicó un artículo donde decía que la hija de los Bonamusa estaba enferma y que seguramente la mataron sus padres para no verla sufrir, deshaciéndose de ella de alguna forma, que en el propio artículo no especificaba. El asesinato del matrimonio era fruto de una venganza por parte de alguien que estaba al tanto del infanticidio cometido por los Bonamusa. Luis Ribera se encontró con una querella en los juzgados de Barcelona, presentada por el hasta entonces desconocido hermano de Albert Bonamusa: Ricard Bonamusa. El hermano más pequeño de Albert, anónimo hasta entonces, salió en defensa de su familia, y dijo que lo que tenía que hacer la policía era averiguar quién mató a su hermano y a su cuñada, y dónde estaba su sobrina. Tras él fueron varios programas de la televisión, pero prefirió no dar más coba a un tema que bastante daño había producido a su familia.

Poco se sabía de los Bonamusa; aunque el doctor Albert era muy conocido en los círculos universitarios y médicos de la Ciudad Condal, sobre todo por sus estudios sobre el cáncer y otro tipo de enfermedades incurables. Pero tras su muerte se destaparon trapos sucios por aquello de hacer leña del árbol caído, y se supo que las deudas consumían al matrimonio, que la niña estaba enferma y que seguramente ya había muerto cuando asesinaron a sus padres. También se dijo que la pareja pasaba por horas bajas y que hacía tiempo que no se entendían entre ellos. La versión oficial de la policía fue que unos asaltantes, seguramente de países del este de Europa, entraron en el piso con intención de robar, y al no encontrar dinero, se enfadaron tanto que asesinaron cruelmente al matrimonio. Nunca se encontró el cuerpo de la niña, lo que arrojó innumerables hipótesis sobre su suerte. Luego estaba la versión del hermano de Albert, Ricard Bonamusa, que sostenía que su sobrina había sido raptada y que aún estaba viva. En cualquier caso todo eran suposiciones y después de trece años era harto difícil aclarar algo.

Moisés Guzmán terminó de leer todos los artículos,

algunos los imprimió, y abrió una carpeta de cartón sin rotular que dejó en la mesa de su despacho. Un compañero de la comisaría lo llamó por teléfono. Era Yonatan, el policía que estaba en seguridad en el mismo turno que él.

—¡Moisés! Me acabo de enterar —le dijo—. ¿Qué es eso de que has cogido una excedencia?

—Ha sido tan rápido que no he tenido tiempo de decir nada a nadie —se justificó el policía.

—Se comenta que te vas a establecer por tu cuenta, algo así como un detective privado.

—¡Vaya! La rumorología es más rápida de lo que había pensado. En principio he cogido el mes de vacaciones. Luego ya se verá...

—Así que nos dejas.

—Solo durante un par de meses, hasta final del verano. Me ha surgido un asunto y necesito tiempo.

—¿Te marchas de Huesca?

—No, en principio. Estaré aquí la mayoría del tiempo, pero algunos días tendré que salir fuera, seguramente iré a Barcelona. ¿Por qué?

—Pues hombre, para quedar a almorzar algún día. Ya verás cómo se van a poner los muchachos cuando se enteren.

Yonatan era un policía que utilizaba un lenguaje trasnochado a la hora de definir las cosas, como la expresión «muchachos» para referirse al resto de compañeros del turno.

—¿Qué te ha dicho el jefe?

—Aún no he hablado con él.

—¿Y el secretario de la comisaría?

—Me ha deseado suerte.

—Lo mismo que yo, compañero. Que tengas mucha suerte y ya sabes dónde estamos para cualquier cosa.

Después de colgar el teléfono, Moisés se quedó sentado un rato en la cama repasando los papeles que había impreso y haciendo un mapa mental de lo que ocurrió, o pudo haber ocurrido, las semanas antes del crimen de la calle Verdi de Barcelona y las inmediatamente posteriores.

De momento, había conseguido información a través de la prensa y las noticias de la época. Pero para que la búsqueda funcionara tenía que nutrirse de tres fuentes diferentes: la prensa, la policía de Barcelona y lo que pudiera aportar el doctor Eusebio Mezquita. Se encendió un cigarro mientras meditaba sobre eso.

7

Anselmo Gutiérrez Sánchez circulaba conduciendo su vehículo por la carretera de Mata, muy cerca de la localidad de Mataró. Era el miércoles dos de mayo de 2007 y la mañana había amanecido ligeramente más fría que el día anterior. Recordó el dicho que dice que hasta el cuarenta de mayo no te quites el sayo. Ajustó la emisora del salpicadero y escuchó las noticias. Hablaban de las próximas elecciones en Turquía y de que, en las elecciones francesas, Le Pen llamaba a una abstención masiva. Luego Anselmo cambió de emisora y se puso a escuchar Radio Mataró. La musica le relajó.

Detrás de él, muy cerca, venía circulando un coche de gran cilindrada. Su conductor tenía los ojos inyectados en sangre y manoseaba nervioso el volante resbalando las manos por el cuero de forma incesante. Ya había perdido dos oportunidades de hacer estallar el coche y no podía permitirse dejar escapar una tercera.

«A la tercera va la vencida», musitó entre dientes. Hoy era el día y no otro. Anselmo Gutiérrez Sánchez pidió la excedencia en la empresa para la que trabajaba de vigilante el día trece de marzo de ese mismo año. Hacía ya cincuenta días que se estaba dedicando a investigar el extraño encargo de aquel doctor que lo abordó en la oficina de Mataró. Pero su mente no hacía más que decirle que lo dejara. Que regresara a su puesto de vigilante y a los remiendos de lampista que le ayudaban a completar el paupérrimo sueldo.

El coche de Anselmo giró una curva cerrada y disminuyó la marcha para no salirse al arcén. El vehículo de gran cilindrada que lo seguía se colocó a pocos metros de él. Su conductor miró el mando a distancia que se desplazaba desbocado por encima del asiento del copiloto. Ahora no podía fallar, se dijo.

Aceleró hasta casi tocar el coche de Anselmo y apretó el botón del mando. La explosión de la bombona de gas que portaba en el maletero lo calcinó por completo. El coche se detuvo al instante en la carretera como si hubiese chocado contra un muro de hormigón armado. Las ruedas se deshicieron y todos los cristales del vehículo salpicaron la carretera en miles de partículas diminutas.

El coche de gran cilindrada ni siquiera se detuvo. Pasó por su lado y su conductor miró hacia el interior del coche mientras ardía de forma estrepitosa. Anselmo Gutiérrez Sánchez se debatía entre la vida y la muerte. Sus manos agarraban el volante y de su cabeza surgía una columna de humo que avanzaba que la muerte estaba próxima. El conductor del vehículo de gran cilindrada continuó su trayecto hasta el siguiente pueblo, donde llamó a la Guardia Civil desde una cabina telefónica. Si alguien lo hubiese visto no podría alegar que no colaboró avisando del accidente.

—Guardia Civil de tráfico —dijo su interlocutor.

—Sí, acabo de presenciar un accidente en el tramo de la carretera de Mata. Un vehículo ha estallado en mitad de la calzada.

—Dígame su nombre.

Colgó enseguida. Se subió al coche y condujo despacio hasta Barcelona. En mitad del trayecto arrojó por la ventana el mando a distancia con el que había hecho estallar la bombona de gas del maletero de Anselmo Gutiérrez Sánchez.

8

Aunque Moisés Guzmán no era muy amigo de las terminologías y prefería ir a lo práctico, supo que, en la tarea para la que había sido contratado, tendría que llevar las anotaciones al día si no quería perderse por el camino. Así que cogió papel y bolígrafo y anotó, concienzudamente, todos los datos de que disponía. Lo primero que hizo fue ordenar los nombres de la siguiente manera:

NOMBRES:

- Eusebio Mezquita Cabrero
  (doctor, socio del padre de la desaparecida), nació el 15-04-49.
- Alexia Bonamusa Paricio
  (niña desaparecida el 15-08-96, actualmente dieciséis años en el caso de seguir viva).
- Albert Bonamusa y Felisa Paricio
  (padres de Alexia, asesinados).
- Ricard Bonamusa
  (hermano de Albert y tío de Alexia).

- Pere Artigas y Sonsoles Gayán
  (vecinos del piso de abajo).
- Pedro Salgado
  (inspector encargado del caso).

Cuando hubo terminado, repasó mentalmente los nombres para comprobar que estaban bien relacionados. Quiso hacer algunas anotaciones más, referentes al desarrollo de los acontecimientos, pero pensó que eran tantos los datos a tener en cuenta, que mejor los ordenaría en su mente.

Después conectó el ordenador portátil y accedió a su cuenta bancaria, comprobando tras introducir las claves de acceso, que Eusebio Mezquita le había transferido los cien mil euros pactados. De no ser así, aún estaba a tiempo de revocar la excedencia e incorporarse a su trabajo, pero ya intuía que el médico era una persona de fiar.

Mientras esperaba a que se cargara la página de las cuentas bancarias, algo lenta por ser primero de mes, pensó en los motivos que habrían llevado al señor Mezquita a contratarle a él precisamente para la búsqueda de Alexia. No dejaba de ser chocante que buscara a alguien de fuera, es decir, a alguien que no fuese detective profesional, ni cazarrecompensas, ni nada por el estilo. No se lo preguntó cuando lo contrató para el trabajo, ya que supuso que lo había hecho dejándose llevar por un instinto innato. Seguramente supo de él a través de algún recorte de prensa o incluso enviaría a alguien a formular una denuncia y luego le preguntaría qué tal lo atendió. Tampoco comprendía por qué contrató a alguien tan lejos de Barcelona, ya que lo lógico hubiese sido buscar un detective de allí mismo, pensando que cuanto más conociera de Cataluña mejor se desenvolvería en el entorno de la investigación. Pero el hecho de que el doctor Mezquita residiera en Zaragoza aportaba cierta lógica a que se hubiese fijado en un policía de Huesca, por aquello de la proximidad entre ambas ciudades. Tampoco quiso Moisés ahondar en los motivos que llevaron a que el doctor Mezquita lo buscara a él como investigador y no a otras personas más apropiadas para esa tarea.

No pudo evitar acordarse del desconocido que le regaló la pluma Montblanc a través de un paquete de mensajería y pensó en si tendría algo que ver con el doctor Mezquita. En cualquier caso Moisés se veía muy capacitado para encontrar a Alexia o saber dónde estaba enterrada o qué había sido de ella.

Se mentalizó para no obsesionarse, ya que era muy dado a obcecarse en exceso y eso le quitaba el sueño y la falta de sueño derivaba en no centrarse en lo que tenía que hacer.

Pasó la primera página de su improvisada libreta y añadió más datos:

DIRECCIONES:

- Verdi 45, 3 (piso de los Bonamusa).
- Verdi 45, 2 (piso de los vecinos, matrimonio Artigas).
- Verdi 41, 1 (piso de Eusebio Mezquita).

En cualquier caso, el estar cincuenta días alejado de la Oficina de Denuncias de Huesca le supondría una ventana de aire fresco a su atascada carrera profesional, y pensó en alguna dirección más que añadir a la libreta.

Serían importantes los datos que pudiera facilitarle el doctor Mezquita sobre el experimento realizado aquella noche en la clínica, ya que la muerte de los Bonamusa y la desaparición de la niña tendrían algún nexo en común. Después, se iría unos días a Barcelona, donde estaba el verdadero trabajo de campo, a indagar en los archivos de la Policía Nacional. Tenía que contactar con el inspector Pedro Salgado, a quien se le encargó el caso. Si estaba vivo, pensó. No había que olvidar que los hechos se remontaban a 1996 y era más que probable que muchos de los participantes estuvieran muertos, o seniles.

9

Moisés Guzmán se citó con el doctor Mezquita, justo una semana después de iniciar el período de excedencia por el plazo de cincuenta días. Era lunes diez de agosto de 2009 y pensó el veterano policía que no había tiempo que perder. Aunque parecía que cincuenta días serían más que suficientes para saber qué ocurrió con la niña y quién mató a los Bonamusa, sabía, por experiencia, que el tiempo pasa muy rápido y que antes de darse cuenta habría finalizado el plazo; aunque el doctor dejó entrever que disponía de dinero suficiente como para contratarlo el tiempo que fuese necesario. Un detalle que le martilleaba la cabeza a Moisés fue el hecho de que al doctor le preocupaba más encontrar a Alexia que saber quién había matado a su socio y a la mujer de este. Aunque conociendo el pragmatismo característico de los médicos, supuso el policía que él ya conjeturaría que los secuestradores y los asesinos eran las mismas personas.

—Buenos días, señor Guzmán —dijo nada más abrir la puerta de su piso de Zaragoza.

El doctor Eusebio Mezquita vestía un elegante batín de color fucsia y unas espléndidas zapatillas de piel rosada. Moisés no pudo evitar deslizar sus ojos por el flamante reloj de oro que adornaba su muñeca. Del interior del piso, situado en el Paseo Sagasta, surgió un penetrante olor a hierbas aromáticas. Varias varillas de incienso quemándose delataron de dónde venía el aroma. El pasillo, corto y amplio, vestía las paredes con innumerables cuadros, en uno de los cuales Moisés pudo leer la firma de Picasso.

—Eso me gusta de usted —dijo el doctor Mezquita—, se ha puesto manos a la obra de inmediato. Sin perder tiempo.

—Bueno, ahora solamente estoy recopilando toda la información que pueda hallar en los ficheros de la policía y en la prensa. Necesito conocer los detalles anteriores al asesinato del matrimonio Bonamusa y a la desaparición de Alexia.

—Le ayudaré en todo lo que esté en mi mano —se ofreció el señor Mezquita—. Aunque no olvide que lo que quiero saber es dónde está Alexia. Es posible que los secuestradores ya no vivan y que la niña se encuentre en algún sitio oculto. Era muy pequeña cuando ocurrió todo. Se la pudieron llevar engañada y ahora puede estar viviendo felizmente en algún hogar, ajena a todo y sin ni siquiera recordar que fue una niña robada.

—¿Por qué dice que los secuestradores puede ser que no estén vivos? —cuestionó Moisés.

—Es usted muy perspicaz —observó el doctor—, es un comentario sin importancia. La gente de ese mundo —dijo refiriéndose a los secuestradores—, no suele vivir mucho. Mercenarios de países del Este de Europa o sicarios marselleses que dedican su vida a delinquir. Le aseguro que no llegan a viejos.

—¿Mercenarios? Entonces cree que alguien los contrató para que mataran a los Bonamusa y secuestraran a la niña.

—Ya veo que con usted es mejor no hablar —aseveró el doctor—. Se toma al pie de la letra todo lo que digo. Tan solo son suposiciones; aunque usted es el experto. Lo mejor es que no diga nada y me centre en los hechos objetivos... ¿qué le parece?

—Hábleme del experimento —le dijo Moisés cambiando de tema.

—¿No prefiere que le cuente todos los detalles de Alexia? Sus gustos. Qué aspecto podría tener ahora. Si tenía alguna marca especial. Piense que hace trece años que desapareció y la Alexia actual no tendrá nada que ver con la niña de tres años que...

—No quisiera incomodarle señor Mezquita, pero deje que sea yo quien investigue. Para eso me ha contratado, ¿verdad?

—Tiene razón. Además en nuestro trato tiene usted licencia para llevar la investigación como crea más conveniente. Bien, como quiera —dijo el señor Mezquita—. Los glóbulos blancos se originan en la médula ósea y en el tejido linfático y son los efectores celulares de la respuesta inmune, es decir, los encargados de la defensa del organismo contra sustancias extrañas o agentes infecciosos —empezó explicando el doctor—. Como cualquier célula están compuestas de núcleo, mitocondrias y orgánulos celulares. El núcleo celular es una estructura característica de las células eucariotas, o lo que es lo mismo: todas aquellas células que tienen su material hereditario encerrado dentro de una doble membrana. Las mitocondrias son orgánulos presentes en casi todas las células eucariotas encargados de suministrar la energía necesaria para la actividad celular. Los glóbulos blancos poseen un sistema de identificación y eliminación de agentes patógenos, es decir, capaces de producir daño al organismo. En estos últimos es donde incidió el experimento. De alguna forma, aún no se sabe cómo, experimentando con células óseas de los buitres, mezclando los linfocitos con células humanas extraídas de los glóbulos blancos, se consiguió que la hija de los Bonamusa adquiriera inmunidad absoluta a todo tipo de enfermedades y desarrollara un intrincado sistema de protección contra la peste de los huesos.

Moisés Guzmán asistió impasible a las explicaciones científicas del doctor. Luego, sin entrar en más detalles y dándose por satisfecho, le dijo:

—Antes me habló de marcas especiales en el cuerpo de Alexia.

—Así es. La pequeña Alexia tiene una marca de nacimiento justo en la parte baja de la espalda. En el lugar donde las jovencitas de hoy se hacen esos tatuajes tribales. En la columna lumbar.

—¿Qué clase de marca?

—Eran unas fresas.

—¿Fresas?

—Sí, tres fresones rojos. Una marca de nacimiento. Un antojo, como se decía antes.

—Es posible que al hacerse mayor ya no estén —contravino Moisés.

—No, yo los vi muchas veces cuando Alexia era pequeña y le puedo asegurar que esos antojos no desaparecen. Es más, cuanto más mayor se hace la niña más se ven. Eso sí: más grandes y difusos.

—Supongo que siendo médico tendrá decenas de formas de comprobar su identidad. Muestras de sangre, placas dentales, ADN...

—Bueno —censuró el doctor Mezquita—. Lo de la sangre no es determinante, el ADN no es posible porque no hay muestras biológicas de la niña. Y respecto a las placas dentales...

—Ah, ¡vaya! —exclamó Moisés Guzmán—, he dicho una estupidez. Olvidé que la niña desapareció con tres años y entonces aún no habría ido nunca al dentista. Entonces la única comprobación de la verdadera identidad de la niña, serían los antojos, ¿cierto?

—Cierto —replicó el doctor Mezquita.

—¿No ha probado las redes sociales?

—No le entiendo.

—Sí, hacer un llamamiento a través de internet, algo del estilo de busco chica de dieciséis años con unos fresones rojos en la región lumbar.

—Dicho así suena casi delictivo —censuró el doctor—, y usted más que nadie debería saberlo.

—Tiene razón, no me había dado cuenta —se excusó Moisés—, lo he dicho de una manera frívola; aunque se puede hacer más serio. ¿Recuerda usted un programa que hacían hace ya unos años en la televisión pública?

—¿«Quién sabe dónde»?

—Ese mismo —corroboró el policía—. Pues seguramente podría aprovecharse de algún tipo de programa de ese estilo para localizar a Alexia. Siendo unas marcas tan claras y singulares, alguna persona de su entorno las ha tenido que ver. Sus actuales padres, su novio, una compañera de clase...

—Parece, señor Guzmán —censuró el médico—, que está buscando alternativas para no realizar el trabajo para el que ha sido contratado. Si he recurrido a usted es porque sé que será discreto en su tarea. Lo que menos me interesa es la publicidad. Para todo el mundo Alexia está muerta. Yo no me lo creo y por eso tengo que buscarla. No hay más.

—Bueno, eso y lo de la sangre inmortal —dijo Moisés.

El rostro del señor Mezquita se contrajo bruscamente.

—Sí, eso y lo de la sangre —repitió en voz baja.

—¿Viven los vecinos del piso de abajo de los Bonamusa?

—El matrimonio Artigas —dijo pensativo el doctor como si quisiera recordar quiénes eran—. Creo que el marido aún vive, pero debe de ser muy mayor. La mujer murió al poco tiempo de la desaparición de Alexia, estaba muy enferma. ¿Qué importancia tiene?

—Mucha —exclamó Moisés—. Fueron los últimos en ver con vida al matrimonio Bonamusa y a la hija de estos. Empezaré mi misión entrevistándome con él.

—Ahora tendrá unos setenta y pico años. Recuerdo que ya eran muy mayores cuando desapareció Alexia.

Moisés Guzmán ya se había dado cuenta, en el

transcurso de la conversación con el doctor Mezquita, que este obviaba recordar que asesinaron a un matrimonio. Ni siquiera lo nombraba. Siempre hacía referencia a que desapareció la hija de estos.

—¿Vive en el mismo piso?

—Sí —dijo el doctor—. Creo que sí, vaya. En el número 45 de la calle Verdi de Barcelona.

—¿Hay algo que deba saber señor Mezquita? —preguntó Moisés.

—De momento no —replicó el doctor—. Con la información que tiene hasta el momento es más que suficiente para empezar a buscar a Alexia. Y un consejo...

Se detuvo unos instantes para coger aire.

—No se obceque con la muerte del matrimonio. Ya nada se puede hacer por ellos. Concéntrese en buscar a Alexia Bonamusa Paricio, es para lo que le he contratado. Y cuando la encuentre, sé que lo hará, después de todo soy un hombre de fe, por favor, no hable con ella. Limítese a decirme dónde está y deje que sea yo el que le explique la situación a la chiquilla. Será difícil para ella asumir las nuevas circunstancias de su vida.

Moisés asintió con la cabeza y se marchó estrechando fuertemente la mano del doctor.

—Le mantendré puntualmente informado de cualquier avance.

—Suerte.

10

Y como la casa siempre se debe empezar por los cimientos, decidió Moisés Guzmán que la primera persona que debía entrevistar era el hombre que residía en el piso inmediatamente inferior al de los Bonamusa. Seguramente habría detalles que se les habrían escapado a los investigadores de la época; incluso a los periodistas. Desechó comenzar su investigación hablando con el inspector encargado del caso, Pedro Salgado, y se recomendó a sí mismo no hablar con la prensa, y mucho menos con el periodista de investigación Luis Ribera. Para que su trabajo se desarrollara convenientemente era de vital importancia la discreción.

Reservó a través de internet una habitación en la pensión Tordera, en la calle Tordera de Barcelona. Era una casa de huéspedes de mala muerte, según pudo apreciar en las fotos, y la imagen que le ofrecía de la calle el *Street View* de Google era lamentable. Pero supuso, sin riesgo a equivocarse, que en una pensión así nadie haría preguntas y podría entrar y salir de forma anónima. Luego, una vez que hizo la reserva, lamentó la decisión. Pero, después de todo, siempre estaría a tiempo de cambiar de alojamiento.

El domingo 16 de agosto de 2009 se encontraba Moisés Guzmán llenando de ropa y enseres una bolsa de viaje que guardaba desde que llegó a su primer destino policial. Era una bolsa azul desteñida. Antigua, y con un enorme siete invertido al lado de la cremallera, delataba que esa bolsa no fue bien cuidada durante sus años de uso. Del armario ropero extrajo dos pantalones: un vaquero y otro de tergal. Dos camisas: una verde y otra azul a rayas. Un puñado de calzoncillos y varios calcetines. Lo bueno de viajar en verano era que no había que portar mucha ropa. Aun así metió una chaquetilla fina de color gris oscuro, por si cambiaba el tiempo.

Cuando hubo terminado recogió el piso y quitó el poco polvo que había con un paño viejo que no se molestó en lavar y lo arrojó directamente a la basura. Hizo una cafetera y se encendió un cigarrillo negro. Apostado en el marco de la ventana observó los coches que pasaban por la calle y reparó en la gente que cruzaba el paso cebra. Sintió nostalgia de su piso y eso que aún no se había ido. Nostalgia de algo que todavía no ha ocurrido. A todo el mundo le viene bien una aventura, pensó. Después de todo, si la cosa no salía bien podría regresar a su rutinaria vida. No llamó a nadie, era domingo y los compañeros de trabajo, sus únicos amigos, estarían enfrascados en sus propias vidas. Llevaba el teléfono móvil encima y si alguien quería algo de él ya sabía dónde encontrarlo.

Se aseguró de cerrar bien la puerta y le dijo a la vecina de enfrente, una jubilada bonachona que vivía sola, que hiciese el favor de recoger el correo.

—¿Se va?

—Sí, tengo que partir por un asunto de trabajo —dijo—. Pero en un mes estaré de vuelta. O antes —puntualizó.

—Mucha suerte. Ya tiene mi teléfono por si necesita algo.

—Igualmente —replicó Moisés.

Bajó hasta la calle y la cruzó encaminándose al garaje donde guardaba el coche. Tenía el depósito lleno desde la última vez que lo utilizó. Hacía un par de semanas que no lo cogía. Cuando traspasó el último semáforo vio a través del retrovisor cómo la ciudad se hacía más pequeña hasta casi desaparecer. En cuatro horas estaría en Barcelona.

Sin apenas darse cuenta, entre escuchar la radio y sumido en sus propios pensamientos, el GPS le llevó hasta una bocacalle anterior a la calle Tordera de la Ciudad Condal, donde había un garaje público donde por no demasiado dinero podía dejar el coche aparcado. Para moverse por Barcelona no lo necesitaría. Allí era mejor desplazarse en taxi o en metro, si la distancia era más larga. El vigilante del garaje le dijo que tendría que dejar el coche con las llaves puestas, ya que había poco espacio y a veces era necesario moverlo para que pudiese entrar o salir algún otro coche. A Moisés no le gustó, pero pensó que dentro de su coche no había nada que mereciera la pena robar. Hasta el GPS que guardaba en la guantera se lo llevaría a la pensión, junto con la documentación del vehículo.

—¿Para cuántos días? —le preguntó el maduro sesentón, seguramente jubilado, que guardaba el garaje.

—En principio solo para este mes —dijo Moisés—. Aunque es posible que me quede más tiempo.

—En septiembre me dice algo, ya que esto se llena hasta la bandera —dijo el guarda—. El pago es por adelantado de forma semanal —afirmó sacando un minúsculo talonario que se dispuso a rellenar—. ¿Me deja el documento?

Moisés sacó el DNI y se lo entregó.

—¿Es usted de Huesca? —preguntó al ver la dirección en el reverso del DNI.

—Sí.

—Estuve una vez en Jaca —dijo el guarda—. Es una ciudad muy fría.

—En invierno como todas —afirmó Moisés—. Y en verano es calurosa, como la que más.

El anciano sonrió y terminó de anotar los datos en el recibo.

Cuando Moisés salía del garaje en dirección a la pensión Tordera le sonó el móvil. En la pantalla vio que era el señor Mezquita. Dejó que terminara de sonar y no lo cogió. «Estoy conduciendo», pensó para justificarse.

Eran las nueve de la noche cuando Moisés Guzmán atravesaba el vestíbulo de la pensión Tordera. La entrada era como la había visto en las fotografías de internet: austera. Un espacio de apenas seis o siete metros cuadrados, excesivamente recargado, con las paredes empapeladas de motivos florales y una enorme lámpara de araña en el centro del techo. Al fondo había un pequeño mostrador, de no más de un metro de ancho, con los cantos quemados por las colillas. Un chico joven, deportivamente vestido, le recibió.

—Buenas noches —dijo, desabrido.

—Hola, me llamo Moisés Guzmán y tengo una reserva.

—Sí. Le estábamos esperando. Rellene los datos —le dijo el chico. Y puso sobre el mostrador una hoja con el logotipo de la pensión—. ¿Viaje de negocios o de placer? —inquirió.

Moisés se sintió incómodo. No esperaba esa pregunta. Y como no la esperaba no tenía respuesta preparada.

—Las dos cosas —replicó.

Se dio cuenta de que no llevaba su pistola ni su placa. La había entregado al firmar la excedencia. Así que no podía identificarse como policía hiciese lo que hiciese. Eso, reparó entonces, supondría un impedimento a la hora de poder sacar información de los archivos de la Jefatura de Barcelona o de poder entrevistarse con testigos de la época en que se cometió el doble asesinato.

Una vez que hubo rellenado la hoja, el chico le entregó la llave de su habitación.

—La número treinta —le dijo—. Subiendo, la primera planta a mano derecha.

Cuando subía por las escaleras volvió a sonar el móvil. Se detuvo en el primer rellano y vio que era de nuevo el señor Mezquita quien llamaba. Esa vez tampoco respondió.

Al abrir la puerta de la habitación lo primero que notó fue el fuerte olor a naftalina. Era un cuarto pequeño, pero se veía cómodo. Una cama grande, de matrimonio, en el centro. Al lado una mesita de noche de madera oscura. Una pequeña ventana que daba a la calle y delante una mesa más grande de despacho con una lámpara perfectamente centrada. Dejó la bolsa sobre la cama y se adentró en el cuarto de baño. Un plato de ducha y un lavabo bastante decente para lo que había imaginado que se iba a encontrar.

Desarmó la bolsa de viaje y colocó ordenadamente la ropa dentro del armario. En el lavabo puso las maquinillas de afeitar y el bote de loción. Frente a la cama había una pequeña televisión, de apenas veinte pulgadas, pero no se molestó en encenderla. Sabía que los ratos libres los pasaría leyendo. Extrajo un par de libros que había cogido y los puso encima de la mesita de noche.

Se cambió la camisa, que había sudado en el viaje y se dispuso a salir a cenar. En el pasillo se cruzó con un magrebí muy delgado, que ni siquiera le saludó. Y en el vestíbulo ya no estaba el chico que lo recibió y en su lugar había un hombre mayor con cara de pocos amigos. Supuso que era el del turno de noche.

—Buenas noches —le dijo Moisés.

—Hola —replicó sin levantar la vista de una revista que hojeaba.

Iba a preguntarle a ese hombre por algún sitio para cenar, pero prefirió salir e indagar por su cuenta por los alrededores de la pensión.

En la calle hacía mucho calor. Un calor húmedo y pegajoso. Había bastante gente pululando y el ambiente era barriobajero. Varios magrebíes de mirada desafiante y algunos comerciantes que en ese momento cerraban las tiendas. La mayoría licorerías. Mientras caminaba sentía a su espalda el ruido de las persianas bajando. Fue buscando la avenida Diagonal, era una calle más ancha y allí hallaría algún sitio para cenar algo.

Al final compró dos hamburguesas en un McDonald's y se las llevó a la pensión. Cenó viendo el programa de Iker Jiménez: *Cuarto Milenio*. Esa noche hablaban de la muerta de la curva. Al poner el teléfono móvil en silencio vio las dos llamadas perdidas del señor Mezquita.

—Mañana le llamaré —se dijo. Y se echó sobre la cama viendo a través de la ventana el reflejo de la luna tapada por unas nubes negras.

11

El lunes 17 de agosto se despertó Moisés Guzmán en la habitación número 30 de la pensión Tordera, de la calle Tordera de Barcelona. A pesar de dormir en cama extraña, concilió el sueño y no se despertó en toda la noche. Miró el reloj de su muñeca cuando pasaban cinco minutos de las ocho de la mañana. Se pegó una reconfortante ducha y se afeitó concienzudamente para ofrecer el mejor aspecto posible al señor Artigas, vecino del piso de abajo de los padres de Alexia.

Se vistió con el pantalón vaquero y una camisa azul sin ningún tipo de dibujo. Desconocía la edad que debería tener actualmente el señor Artigas. Habían pasado trece años desde la desaparición de Alexia, pero eso era algo que no tardaría en averiguar.

Moisés desayunó en un bar de la calle Terol. Se tomó un café solo, bien cargado, y una ensaimada que le pareció muy rica. Cuando apenas le quedaba un dedo de café se encendió un cigarro negro y lo saboreó camino de la calle Verdi, la cual hacía esquina con la calle Terol.

El bloque de pisos del número cuarenta y cinco de la calle Verdi tenía tres plantas de altura. El primer piso estaba alquilado, pero aún no habían quitado la pegatina de «Se alquila», imaginó Moisés que por una familia de sudamericanos al ver los apellidos. En el segundo piso solamente había un nombre: Pere Artigas. Moisés supuso que quizá la señora Artigas había fallecido, como le dijo el doctor Mezquita. En el tercer piso no ponía nada: era donde mataron a los Bonamusa y quizás aún seguía vacío desde entonces. «Costaría mucho vender un piso donde se había cometido un doble asesinato», pensó.

Llamó al timbre del segundo, el del señor Artigas.

—Sí —se oyó enseguida.

—Señor Artigas —dijo Moisés—. ¿Podría hablar con usted?

—¿Quién es?

—Soy un amigo de Eusebio Mezquita —dijo sin haber planificado su respuesta.

Su interlocutor guardó silencio.

—Escuche, señor Artigas, tengo que hablar con usted acerca de los vecinos del piso de arriba.

—¿De quién ha dicho que es amigo? —preguntó.

—Del señor Eusebio Mezquita Cabrero —dijo Moisés—. El doctor amigo de la familia Bonamusa.

—¿Qué quiere saber?

—Es difícil hablar a través de un interfono. Preferiría hablar personalmente. Si quiere podemos quedar en un sitio público, si no se fía de mí.

—Está bien —dijo finalmente—. Espere unos minutos a que me vista y bajo enseguida.

Moisés aprovechó para encender un cigarro mientras esperaba en el portal a que bajara el señor Artigas. Eran las diez de la mañana y en la calle había una veraniega calma. La calle Verdi está situada en la parte alta de la ciudad, lejos de la playa. Los turistas apenas llegan a esa zona y la gente que pasea por la calle son vecinos del barrio. Un camión de reparto de mercancía arrancó ruidosamente y distrajo a Moisés durante unos instantes mientras este observaba la columna de humo que dejaba tras de sí el camión al torcer por la calle Terol.

La puerta del rellano se abrió y asomó un hombre bajo y grueso, de unos setenta años, o puede que un poco más, pensó Moisés. Tenía abundante pelo blanco peinado para atrás y lucía unas gafas quizá demasiado juveniles para su edad. En su mano sostenía las llaves de su piso y buscó en la calle, con la mirada, a la persona que le estaba esperando. Moisés cruzó el escaso espacio que había entre aceras y se dirigió hacia él.

—Buenos días —dijo alargando la mano—. ¿El señor Artigas?

—Me ha dicho que es usted amigo de Eusebio Mezquita —dijo estrechándole la mano—. ¿Por dónde para el doctor? Hace mucho tiempo que no sé nada de él.

—Está en Zaragoza —afirmó Moisés—. En una clínica.

—El bueno de Eusebio —pensó en voz alta el señor Artigas—. Siempre volcado en la medicina. En fin —exclamó—. Dele recuerdos de mi parte cuando lo vea.

—Así lo haré.

—Y dígame... ¿qué quiere saber?

—Eusebio Mezquita me ha pedido que averigüe donde está la hija de los Bonamusa, Alexia.

—Otra vez a vueltas con eso, ¿eh? No se cansará nunca de buscar. La pequeña Alexia está muerta... ¿sabe? Es imposible que una chica esté escondida trece años sin que nadie sepa de ella. De seguir viva hubiera hecho lo imposible por presentarse...

—¿Presentarse, a quién? —cuestionó Moisés.

—A mí, que éramos vecinos. A Eusebio Mezquita, que era amigo de sus padres. A su tío Ricard. A la policía...

—Puede ser que no esté en España.

—¿En otro país? Ya lo había supuesto Pedro Salgado...

—¿Pedro...?

—Sí, el inspector que llevó el caso dijo que a la niña la podían haber secuestrado para venderla en algún país del Este de Europa.

—¿Con qué fin?

—No sé, oiga, los criminales no necesitan fines.

Moisés evitó nombrar el experimento oncológico que estaba llevando a cabo el padre de Alexia junto con el doctor Eusebio Mezquita. Seguramente Pere Artigas no sabía nada de eso.

—Así que después de trece años aún siguen buscándola. Nunca han sabido nada ni la policía, ni los periodistas, ni siquiera aquel investigador que contrató Eusebio...

—¿Investigador?

—Sí, el doctor Eusebio contrató hace unos años a un investigador privado para que encontrara a Alexia.

Aunque yo creo que quería saber quiénes eran los asesinos de los Bonamusa. Aquello fue horrible, oiga. Una muerte cruel de unas buenas personas. Vino aquí como usted, haciendo preguntas acerca del matrimonio. De sus idas y venidas. De sus amigos.

—¿Se acuerda de su nombre?

—Pues no lo recuerdo, pero lo podrá hallar en la hemeroteca de cualquier periódico.

—¿Y eso? ¿Ha dicho en la hemeroteca?

—Así es, ya que murió al poco de empezar la investigación. Ahí mismo —señaló con la mano al otro lado de la acera—. Al final de la calle se lo llevó una furgoneta de reparto por delante. La mancha de sangre estuvo en el suelo durante varios meses, no había manera de quitarla.

—No sabía nada —se contrarió Moisés.

—Sí, era más joven que usted. Un crío. Le interesó mucho la mentira esa de que mi mujer y yo llamamos a la policía porque hacían mucho ruido los vecinos de arriba.

—¿Mentira?

—Sí, la prensa insiste en que fuimos nosotros los que llamamos. Y el detective ese..., ya me vendrá el nombre..., vino con esa cantinela. Pero le aseguro que mi difunta esposa y yo nunca llamamos a la policía para nada.

—Entonces... ¿no oyeron jaleo en la casa de los Bonamusa tres meses atrás?

—Ni tres meses atrás ni nunca. Era un matrimonio silencioso. Nunca formaron jaleo ni nada por el estilo. La niña era muy tranquila y alguna vez escuchamos algún juguete golpeando el suelo, pero en contadas ocasiones.

Moisés no insistió en lo de la llamada a la Guardia Urbana. Y supo que la señora Artigas había fallecido.

—Genaro Buendía —dijo el señor Artigas—. El detective privado se llamaba Genaro Buendía.

—¿Hay algo que recuerde de esa noche?

—¿De qué noche?

—Cuando mataron a los Bonamusa.

—Ya lo dije todo a la policía. Le aseguro que tanto mi mujer como yo no escuchamos nada. Bueno, señor..., no me ha dicho como se llama.

—Moisés Guzmán. Le dejo mi número de teléfono por si se acuerda de algo más.

—No es necesario —dijo Pere Artigas—. Creo que después de trece años no hay nada que se haya quedado en el tintero, ¿no le parece?

—¿Vive alguien en el piso?

—¿El tercero? —preguntó señalando hacia el balcón.

—Sí.

—Nunca ha vivido nadie después de aquello. Está vacío del todo. Ni siquiera sé si han tocado algo.

—El piso supongo que será de algún familiar de los Bonamusa —sugirió Moisés.

—Sí, es del hermano de Albert, Ricard Bonamusa.

—¿Dónde vive?

—Es un aventurero. —Pere Artigas sonrió—. Creo que sigue en Barcelona, pero va y viene. Ya hace días que no lo veo.

—¿Y la correspondencia? —preguntó Moisés al haberse fijado que el buzón del tercer piso estaba vacío.

—La recojo yo, pero solamente viene publicidad.

—¿Tiene su teléfono?

—¿El de Ricard? No. Él nunca me dejó ningún dato de contacto. Ya le he dicho que es un aventurero.

—Bueno, señor Artigas —se despidió Moisés—, ha sido un placer hablar con usted.

El señor Pere Artigas se perdió en la portería y Moisés Guzmán se marchó calle abajo. Al pasar por la esquina, al final de la calle, se fijó en el lugar donde atropellaron a ese investigador del que habló el vecino de los Bonamusa. Sacó una libreta y anotó el nombre para no olvidarse: Genaro Buendía. Moisés se acordó de las recomendaciones que le dio una vez uno de los jefes de la policía judicial, le dijo que nunca anotara una confidencia en una libreta delante del confidente. Ese detalle creaba desconcierto en esa persona ya que las confidencias nunca deben ser escritas, porque lo que no se escribe es como si nunca se hubiera dicho.

12

A Moisés le contrarió enterarse de que el señor Mezquita ya había contratado un detective anteriormente para investigar la muerte del matrimonio Bonamusa y la desaparición de Alexia. Aunque bien mirado era una información que no tenía por qué facilitar el doctor amigo de la familia. Se preguntó si habría avanzado algo ese detective o si fue atropellado justo al comenzar la investigación. Otra cosa que le dijo el señor Artigas, referente a la llamada de alerta a la Guardia Urbana tres meses antes de que asesinaran a la familia, de que ellos nunca llamaron, también le dio qué pensar a Moisés. No tendría demasiados problemas en comprobar la veracidad de esa llamada ya que en el registro de servicios de la policía municipal habría un apunte de ese día. Luego se acordó de que los hechos se remontaban a trece años atrás, por lo que era posible que ya no existiera ningún registro de ese servicio.

En la pensión Tordera no había conexión a internet, por supuesto, ni Wi-Fi, ni nada que se le pareciera. Lo que sí había era un tránsito continuo de prostitutas por el pasillo y un deambular de proxenetas que no paraban de hacer un ruido espantoso cada vez que abrían y cerraban las puertas de las habitaciones. Así que cada vez que Moisés quisiera conectarse a internet debía buscar un lugar con acceso inalámbrico. No le gustó la idea de bajar por las escaleras de la pensión con el ordenador portátil bajo el brazo, más que nada por si alguno de los clientes pensara que le podría sacar un buen dinero vendiéndolo en la Barceloneta a un precio asequible.

En la avenida Diagonal, relativamente cerca de la pensión, encontró Moisés una biblioteca donde tenían conexión Wi-Fi y podía llevarse el ordenador portátil e incluso consultar los ordenadores de la propia biblioteca cuando le fuese necesario. En el escritorio del flamante sistema Debian Linux creó una carpeta que nombró «Alexia». En el interior creó un archivo con el mismo nombre y escribió todo lo que hasta ese momento sabía de la niña. Al lado creó otra carpeta con el nombre «Genaro» y abrió un archivo de texto en su interior aún sin denominar. A continuación inició el navegador de internet y accedió a Google donde tecleó el nombre entrecomillado de «Genaro Buendía» y esperó a que el buscador ofreciera los resultados.

La distribución de la biblioteca era idónea para las personas que, como él, quisieran utilizar sus ordenadores portátiles sin ser molestados. Había dos largas mesas de madera de seguramente veinte metros cada una y de una anchura suficiente como para que cupiesen dos ordenadores portátiles abiertos de par en par sin molestarse los usuarios entre ellos. El margen del pasillo trasero era tan amplio que no era necesario que alguien pasara cerca, así sus miradas no caían en la tentación de posarse sobre las pantallas de los ordenadores. Moisés se distrajo mirando al resto de compañeros de su mesa. La mayoría eran jóvenes que seguramente estarían buscando apuntes. Una chica que hacía años había dejado la adolescencia estaría chateando con algún chico, supuso Moisés. Y un cincuentón de gruesas gafas, que por los gestos que dibujaba en su rostro estaría mirando páginas prohibidas. Los ojos de Moisés se clavaron en él. Le resultó repugnante y sobre todo por la forma que masticaba el chicle en su boca completamente abierta y con un ruido que a pesar de estar a varios metros de distancia podía oír perfectamente. No le extrañó que no se hubiera sentado nadie a su lado.

Google terminó de mostrar los resultados en pantalla. Como entrecomilló la búsqueda no surgieron muchos Genaro Buendía. El primer resultado le llevaba directamente a la noticia de prensa del diario *La Vanguardia* donde salía el atropello del detective:

Barcelona.– Un hombre de 38 años, vecino de Barcelona, ha fallecido hoy tras ser atropellado en plena calle Verdi por un camión de reparto que se desfrenó por causas que se desconocen, informaron fuentes de la Guardia Urbana. El hombre, cuya identidad responde a las iniciales G.B.F. fue atropellado a las 8.30 horas. El herido fue atendido por los servicios sanitarios en el lugar del accidente y posteriormente fue trasladado al Hospital Militar, donde falleció, según las mismas fuentes. El conductor del vehículo fue sometido a la prueba de alcoholemia, que dio resultado negativo. El equipo de atestados de la Guardia Urbana instruyó Atestado Judicial sobre los hechos, llevando a cabo las investigaciones tendentes al esclarecimiento de los mismos.

—Ummm, Hospital Militar —dijo Moisés en voz alta.

Una chica que se había sentado delante de él lo miró con ojos censuradores por molestar al resto de la mesa. Él levantó la mano queriendo disculparse.

Llevarían el cuerpo al Hospital Militar porque quizás era el más próximo o porque la víctima era militar. Pensó Moisés que no había nada raro en que un ex militar, al igual que un ex policía, se dedicara a actividades investigadoras. La empresa privada siempre fue mejor pagada que la pública.

Siguió documentándose y supo que la tercera inicial correspondía al apellido Félez. El detective que investigó antes que él la muerte del matrimonio Bonamusa y la desaparición de la pequeña Alexia se llamada Genaro Buendía Félez y tenía 38 años el día que lo atropellaron. Escribió todos esos datos en la carpeta del escritorio de su ordenador mientras el ruido del pederasta masticando chicle era cada vez más repugnante.

La fecha del atropello fue el quince de marzo del año 2008, hacía más de un año. Se preguntó cuántos detectives habría contratado el señor Mezquita antes, para averiguar lo que sucedió la noche que mataron a los Bonamusa y desapareció Alexia.

Notó una vibración en el bolsillo cuando su teléfono volvió a sonar. Por suerte lo puso en silencio antes de acceder a la biblioteca. El nombre de Eusebio Mezquita volvió a iluminar la pantalla. Esta vez lo descolgó mientras cerraba la tapa del ordenador portátil y salía en dirección a la calle. Al pasar junto a la persona que masticaba chicle ruidosamente vio en la pantalla de su ordenador unas imágenes de catedrales.

—Señor Mezquita —dijo Moisés después de trasponer la acristalada puerta de la biblioteca.

—Le he llamado un par de veces.

—Sí, ya vi las llamadas pero no pude responder —mintió Moisés.

—¿Ya está afincado en Barcelona?

—Así es, llegué ayer por la tarde.

—Y supongo —dijo el señor Mezquita— que ya se habrá puesto manos a la obra, ¿verdad?

—Cierto. Y sobre eso quería hablar con usted.

—¿Sobre eso?

—Sí, sobre el asunto que me ha traído a Barcelona. Hay algunas preguntas que quería hacerle.

—Adelante.

—Sé que contrató un detective antes que a mí. ¿Es eso verdad?

—No del todo. He contratado varios detectives antes que a usted.

Moisés contrajo el rostro. El ruido de un autobús urbano al pasar por delante no le dejó oír bien las palabras del señor Mezquita.

—¿Cómo dice? —gritó

—Que he contratado a más de un investigador para averiguar qué pasó esa noche.

—No me lo dijo.

—No lo creí necesario —replicó el señor Mezquita.

—¿Eran militares?

—El último sí.

—¿Averiguaron algo?

—Nada. Solamente me sacaron dinero.

Moisés se refugió en la entrada de una tienda de electrodomésticos, ya que le costaba entender a su interlocutor a través del teléfono móvil.

—Repita —le dijo.

—Digo —repitió el señor Mezquita— que esa gente no averiguó nada, solamente me sacaron dinero.

—Vale, vale —dijo Moisés—. Mañana seguiré buscando información en los archivos municipales y en la jefatura de la policía; aunque ha pasado tanto tiempo que dudo que haya algo que me sea de utilidad.

—OK, ya sabe que puede llamarme para lo que sea —se ofreció el señor Mezquita.

Y los dos colgaron a la vez.

Antes de ir a la pensión Tordera, Moisés Guzmán buscó un restaurante donde comer un buen menú. En la avenida Diagonal vio varios y hasta se entretuvo leyendo las cartas que había en la cristalera. Finalmente entró en uno cuyo precio le pareció aceptable y donde todas las mesas estaban llenas de comensales, señal inequívoca de que había buena cocina.

13

Elías Otal Subirachs había sido guardia civil en la localidad barcelonesa de Canet de Mar hasta que solicitó la excedencia del cuerpo. Tenía treinta y dos años y una fortaleza física envidiable. Deportista nato, siempre le gustaron las actividades de riesgo y hacía prolongadas escapadas a diferentes picos de los Pirineos donde escalaba hasta la cima. El veintiuno de febrero de 2006 solicitó la excedencia de la Guardia Civil para trabajar en una investigación que le propuso un particular. Días antes se había personado en el puesto de guardia de Canet de Mar un hombre que se identificó como Eusebio Mezquita y le dijo que andaba buscando a una persona para que investigara un asunto que había ocurrido hacía diez años, en 1996. En Barcelona asesinaron a un matrimonio, médicos los dos, y al mismo tiempo desapareció la hija de corta edad de ambos. Elías Otal Subirachs ya conocía el crimen, pues fue portada de la prensa regional durante varios días. Ese año, 1996, una revista de actualidad publicó un amplio reportaje hablando de ese crimen y de las escabrosas escenas del piso de la calle Verdi, número cuarenta y cinco. Cuando ocurrió la tragedia Elías Otal tenía veintidós años y realizaba el servicio militar en el cuartel del Bruc de Barcelona. Durante las guardias tenían mucho tiempo libre y podían leer las revistas una y otra vez.

Cuando Eusebio Mezquita le dijo que le pagaría sobradamente, Elías Otal no hizo preguntas. Era una golosina para su apretada economía doméstica lo que aquel doctor le ofrecía.

—¿Por qué yo? —le preguntó.

Supuso que no tenía sentido que un prestigioso médico de la capital se fijara en un simple cabo primero de la guardia civil para investigar un crimen cometido hacía diez años. La persona que lo contrató hizo poco hincapié en la resolución del asesinato, andaba más preocupado en hallar a una niña de nombre Alexia, hija del matrimonio asesinado, y que había desaparecido desde entonces.

«Dónde estará Alexia», rezaban los titulares de la prensa sensacionalista.

Al «¿Por qué yo?», respondió Eusebio Mezquita:

—Porque la policía de Barcelona ya ha desistido de seguir con la investigación.

Ciertamente era un crimen muy importante, cometido contra un pudiente de la Ciudad Condal, pero la investigación les pilló en medio del traspaso de competencias entre la Policía Nacional y los Mossos d'Esquadra y la potenciación de las policías locales y la Guardia Urbana.

—Mire —le dijo Eusebio Mezquita—, cuando hay tantos instrumentos distintos la orquesta no suena bien.

En algunos detalles de la investigación los diferentes cuerpos se echaban las culpas mutuamente de algunos errores. Dentro del piso hallaron una huella y luego el gabinete de la policía científica de los Mossos d'Esquadra la perdió. El inspector de la policía nacional Pedro Salgado enloqueció y comenzó a aparecer en determinados programas de televisión, algo que enfureció al hermano del fallecido, Ricard Bonamusa. El 22 de agosto de 1996, una semana después del crimen, falleció la vecina del piso de abajo, la señora Sonsoles Gayán, dejando viudo a Pere Artigas. Algo que dificultó la investigación referente a los días previos al crimen, ya que los vecinos de abajo tenían que haber oído algo. Tres meses antes habían hecho una llamada a la Guardia Urbana de Barcelona para poner una queja acerca de unos disturbios en el piso de los Bonamusa, pero luego Pere Artigas dijo que nunca habían hecho esa llamada y en los ficheros de la Guardia Urbana no había detalles suficientes como para seguir indagando más.

Después de aceptar el encargo del señor Mezquita, Elías Otal Subirachs dejó la Guardia Civil y se centró en la investigación de la muerte de los Bonamusa y la desaparición de la pequeña Alexia. Avanzó hasta una pista que le llevó a la localidad de Vilamarí, un pueblecito de la provincia de Girona. Corría el mes de abril de 2006 y faltaba poco para que se cumplieran cincuenta días de pesquisas. Esperaba el tren en la estación de Badalona con la intención de desplazarse hasta Canet de Mar. Días antes se había sentido seguido por un hombre de aproximadamente su edad al que vio en varias ocasiones en lugares distintos. Elías Otal era conocedor de las técnicas de seguimiento terrorista y pensó que quizás estaban planeando un atentado contra él. Así que dejó el coche aparcado en la estación de Badalona y desde allí tenía pensado ir hasta Canet en tren. Informaría a sus compañeros del puesto de la Guardia Civil sobre ese extraño hombre que le seguía.

El miércoles doce de abril de 2006 el tren se paró a causa de una avería en el tramo intermedio entre Badalona y Masnou. La megafonía advirtió que en un tiempo breve se restablecería el fluido eléctrico y el tren continuaría la marcha. Elías Otal aprovechó para repasar los últimos apuntes de su agenda.

Cuando se abrió la puerta y entró ese hombre sus ojos se contrajeron. Pensó que ojalá hubiese llevado su pistola en el cinto, pero tuvo que entregarla cuando solicitó la excedencia. Aquel hombre vestía de oscuro y era extremadamente musculado. De su cuello surgían enormes venas que se perdían bajo su barbilla. En la mano llevaba la funda de una guitarra. A Elías le chocó la vestimenta y la funda de la guitarra, ciertamente parecía un sicario de la mafia a punto de concluir un trabajo.

El vagón estaba medio vacío y quedaban bastantes sitios libres, pero aquel hombre se sentó cerca de Elías.

—Vaya —dijo con voz grave—. Estos chismes suelen fallar mucho —dijo refiriéndose al tren.

Elías Otal asintió con la barbilla, pero no habló.

—¿Se puede fumar aquí? —preguntó el desconocido mientras buscaba con la vista algún letrero que impidiera fumar.

—Creo que aquí no, pero lo puede hacer en el compartimento de la entrada.

El hombre se levantó, cogió la funda de la guitarra, y salió a la entrada del vagón donde estaba el lavabo. El chasquido del Zippo le indicó a Elías que se había encendido un cigarrillo. Elías no fumaba, pero aprovechó para ir al servicio cuando vio que del interior salía una mujer mayor que saludó al hombre de negro con amabilidad.

Elías Otal se metió en el baño, y como lo que tenía que hacer era rápido, ni siquiera cerró la puerta por dentro. El espacio era tan ínfimo que nadie podía entrar sin golpearle la espalda con la puerta. Cuando se terminó de bajar la cremallera llamaron a la puerta con dos sonoros golpes de nudillo.

—Ya casi estoy —dijo Elías.

Al terminar se subió la cremallera y cuando se giró el hombre de negro estaba allí. En su mano sostenía un palo largo de hierro de cuya base salía un cable que se perdía dentro de la funda de la guitarra. Con la punta le tocó el pecho y una terrible descarga eléctrica lo sumió en la oscuridad. Hacía justo cincuenta días que había pedido la excedencia de la Guardia Civil.

Cuando el tren restableció el servicio y echó andar, el cuerpo desfallecido de Elías Otal estaba bajo una de sus ruedas. La cabeza se le separó del cuerpo.

14

Ya eran las cuatro de la tarde de ese lunes diecisiete de agosto de 2009 cuando Moisés Guzmán llegó hasta la pensión Tordera. Había comido muy bien en el restaurante Alba y le apetecía echarse un rato sobre la mullida cama de su habitación. Sobre la pequeña mesa de madera dejó el maletín con el ordenador portátil y lo abrió enchufándolo antes de que se le acabara la batería. Cerró la contraventana para evitar que entrara el sol de la tarde, pero también para interrumpir el olor a fritanga que provenía de la calle.

«Alguien se está friendo unas buenas salchichas», se dijo.

De la habitación de al lado surgía el sonido de una televisión excesivamente alta.

Pensó que para circular por Barcelona necesitaba un salvoconducto, alguien que le abriera las puertas de los centros oficiales. Como estaba en período de excedencia no se podía identificar como policía al no tener placa ni pistola, algo que podía ser un entorpecimiento a la hora de avanzar en la investigación para la que había sido contratado. Se le ocurrió que al día siguiente, es decir, el martes 18 de agosto, iría a la Jefatura Superior de policía, en la Vía Laietana, e intentaría saber del paradero del inspector que llevó el caso de los Bonamusa, Pedro Salgado. El veterano policía, en el caso de seguir vivo, le podría poner al día en la investigación e informarle hasta dónde había llegado él. Era una información de primera mano y seguramente contaría con muchos detalles que con el tiempo se habían desvanecido.

En la puerta de la Jefatura de Barcelona había un solo policía y debía de estar a punto de la jubilación. El antiguo centro de la Policía Nacional de Barcelona se había quedado como un edificio burocrático y como despacho de las distintas brigadas de investigación. La seguridad ciudadana había sido absorbida por la policía autonómica y por la Guardia Urbana y había pocos policías nacionales uniformados en la ciudad.

Alguien debería haberle dicho al agente que había en la puerta de Jefatura que el uniforme se le había quedado pequeño. Por encima del cinturón le asomaba una más que prominente barriga y una barba de dos días indicaba que no estaba a gusto con ese puesto.

—Buenos días —dijo Moisés Guzmán mostrando su carné de policía en excedencia.

Cuando entregó su placa y su arma le devolvieron a cambio una especie de tarjeta de crédito con una foto, donde conservaba su número de agente, y una inscripción que decía: policía en excedencia. Era todo lo que quedaba de sus veinticinco años de servicio.

—Buenos días —dijo con desgana el policía de la puerta—. ¿Adónde va?

—Quiero hablar con alguien de secretaría —dijo Moisés en lo que pareció más una súplica que una petición—. Soy policía nacional de Huesca —afirmó mientras levantaba el carné que le habían entregado.

Por primera vez desde que se acogió a la excedencia notaba el desamparo que producía ir por la vida sin placa de policía.

—Ah, bien —dijo el policía con todo el desprecio que pudo imprimir a sus palabras—. Tenga, póngase esto —le entregó una tarjeta con una pinza—. Suba hasta la segunda planta por ese ascensor. —Señaló con el dedo—. Y saliendo..., la segunda puerta a la derecha.

—Gracias —dijo Moisés mientras se colocaba la tarjeta en la solapa de la camisa.

El ascensor era muy moderno para el edificio. Estaba limpio y las paredes de plástico aún conservaban el brillo de lo nuevo. Cuando salió se cruzó con una pareja que provenía de la oficina del secretario. Eran un chico y una chica, de apenas veintitantos años y que al pasar por el lado de Moisés lo saludaron como si él fuera un jefe de policía. Supuso que dentro de ese edificio todo eran jefes y que aquellos chicos lo confundieron con uno.

—¿Se puede? —dijo empujando levemente la puerta entreabierta del despacho del secretario.

Como no respondió nadie siguió adentrándose en lo que parecía una habitación vacía. Frente a la puerta había una única mesa con un ordenador al lado, aparentemente anticuado, y con un par de cuadros colgados en una pared amarillenta por el humo del tabaco. Sobre la mesa había un grupo de folios grapados por una esquina y el resto se veía recogido y limpio.

—Hola —dijo una voz a su espalda.

Moisés se apartó para que aquel hombre entrara.

—¿Puedo ayudarle en algo?

—Pues... —balbuceó Moisés—, soy policía nacional en Huesca y he venido a Barcelona buscando un compañero.

—¿Un compañero, dice? —preguntó aquel hombre mientras se sentaba en la silla que había ante la mesa.

—Sí, así es, un compañero con el que había coincidido en alguna ocasión en algún servicio y quería saber por dónde para ahora.

El interlocutor de Moisés se veía mayor, al menos tendría sesenta y cinco años. Era bajo para la altura que se supone debía tener un policía y ostentaba un frondoso pelo rizado y canoso.

—¿De Huesca, verdad?

Moisés asintió con la cabeza.

—Y... ¿cómo se llama ese compañero que busca?

—Pedro Salgado —dijo—, inspector Pedro Salgado. Mientras hablaba se percató de que aquel policía que lo atendía podría ser el propio inspector Pedro Salgado. Antes de salir de Huesca había visto unas fotografías del diario *El País* donde salía él dando una rueda de prensa y la verdad es que se parecía mucho; aunque trece años más mayor. La apariencia de un hombre puede cambiar, pero no la voz, y la voz del policía que tenía delante era idéntica a la de los vídeos de las entrevistas de Pedro Salgado.

—Así que busca usted al inspector Pedro Salgado, ¿verdad?

Por el modo en que le hizo la pregunta supo que había dado de lleno en el clavo.

—Sí, soy policía en excedencia y me ha contratado un amigo de la familia Bonamusa para que investigue la muerte del doctor y su mujer y la desaparición de la niña.

Moisés notó cierta incomodidad en el rostro del que ya supo que era el inspector Pedro Salgado.

—Vaya, el caso de los Bonamusa —dijo rascándose la barbilla.

—¿Es usted Pedro Salgado, verdad?

—¿Quién le ha contratado? —preguntó desconfiado—. ¿Me puede enseñar su documento?

—Ah, sí, por supuesto —dijo Moisés mientras sacaba la cartera del bolsillo de su pantalón.

Le mostró el carné de excedencia.

—¿Fue policía?

—Lo soy —replicó—. Pero para hacerme cargo de este caso he tenido que pedir la excedencia durante cincuenta días.

—¿Por qué cincuenta justos y no dos meses, por ejemplo?

—No sé, quien me contrató igual creyó que con ese tiempo sería suficiente.

—¿Y por qué un policía de Huesca y no uno de aquí, de Barcelona? —se ofendió—. ¿Acaso no somos lo suficientemente buenos?

—Eso no me concierne —se defendió Moisés.

—¿Cuánto le pagan?

—Señor Salgado, me gustaría saber hasta dónde llegó usted en la investigación —dijo omitiendo la pregunta acerca de cuánto cobraba.

—¿Cuánto? ¿Cien mil, doscientos mil euros...?

El inspector Pedro Salgado parecía más preocupado por el dinero que por ayudar en la investigación. Moisés tendría que ser cauto si quería sonsacarle alguna información.

—El dinero es lo de menos —dijo.

—Entonces démelo a mí. —El inspector Salgado sonrió—. ¿Sabe cuánto tiempo llevo en la policía?

Moisés negó con la cabeza.

—Cincuenta años, casi cincuenta largos años al servicio de la sociedad. Entré en el cuerpo a los veintiuno y acabo de cumplir los sesenta y nueve. Y mire dónde estoy, en ningún sitio —se respondió a sí mismo.

Moisés sabía que la edad máxima para estar de servicio eran los sesenta y cinco, por lo que una de dos: o mentía acerca de su edad o estaba allí de prestado, es decir, sin cargo.

—Sí, me encargaron el caso de los Bonamusa a mí porque nadie quería trabajar en un asunto tan espinoso. El doctor Albert Bonamusa era muy conocido en los círculos de la alta sociedad barcelonesa. Estuve dedicándome en cuerpo y alma durante casi un año en que me dejó mi mujer y perdí amigos y dinero. Los de arriba no paraban de presionarme constantemente: el jefe superior, el delegado del gobierno, el alcalde. Hubo tantos entrometidos que cuando estábamos cerca de una prueba se perdía por una mala manipulación de una huella. Cuando seguíamos el rastro de la niña a través de algún teléfono pinchado, llegaban otros y la jodían.

Sí, amigo mío, demasiados arquitectos y pocos paletas hicieron que la obra no avanzara.

Moisés pensó que se había dedicado más tiempo y esfuerzo al asesinato de los Bonamusa de lo que podía haber pensado en un principio.

—Y ahora viene usted, que no es que tenga nada en su contra, no se vaya a pensar —se excusó—, y por una importante cantidad de dinero quiere averiguar el sexo de los ángeles.

Moisés se encogió de hombros.

—Sí, hombre, que todo ese tinglado de los Bonamusa fue un montaje. Yo lo tuve claro todo desde el principio. Llegaron, entraron, mataron a los Bonamusa y a la niña y se fueron por la misma puerta por donde habían entrado...

—¿Quiénes? —le interrumpió Moisés.

—Y yo que sé. Unos sicarios pagados para quitar al doctor de en medio. Unos acreedores para dar una lección. El propio hermano de Albert... —El inspector Pedro Salgado se silenció unos instantes como si quisiera estar seguro de lo que iba a decir—. Pues eso..., que cualquiera los pudo asesinar. ¿Sabe cuántos crímenes hay sin resolver?

—Supongo que muchos.

—Demasiados —replicó el inspector Salgado—. Y nadie se ha preocupado por eso. Si no fuese por la desaparición de la niña usted no estaría aquí haciéndome estas preguntas. Y... ¿sabe cuántos niños desaparecen al año?

Los dos hombres permanecieron en silencio unos instantes.

—Exacto —dijo Salgado finalmente—. Un montón. Y a nadie le preocupa.

Moisés no sabía adónde quería ir a parar el inspector. Lo consideró un enajenado fuera de sí, resabiado de la policía y harto de todo el mundo.

—He visto alguna entrevista suya en la prensa y en la televisión.

—Ya, ya. Lo hice por dinero. Los programas de la televisión pagan más que el cuerpo —dijo refiriéndose a la policía—. Nosotros les salimos gratis. En nuestra nómina entran más cosas de las que podemos soportar.

Mientras hablaban entró una persona en la pequeña estancia. Era un hombre más joven, posiblemente de unos treinta y pocos años. Bien vestido, llevaba un imponente traje azul que le hacía sudar la frente.

—Buenos días —dijo al traspasar la puerta.

—Hijo —dijo el inspector Pedro Salgado—, te presento a un compañero de Huesca.

El hombre extendió la mano.

—¿De Huesca? ¿Y qué le trae por aquí?

Antes de que Moisés pudiera decir nada el inspector Salgado respondió por él.

—Ha venido por el asunto de los Bonamusa. ¿Recuerdas que te hablé del caso en varias ocasiones?

El hombre más joven asintió con la barbilla. Moisés se dio cuenta de que el despacho donde estaban pertenecía al hijo del inspector Salgado. Su padre seguramente vendría a verlo a menudo y la casualidad quiso que se lo encontrara antes que a su hijo.

—Le ruego que disculpe a mi padre —dijo—. Aún

no ha asumido su jubilación y viene a verme a menudo. Aquí, desde el despliegue de la Policía Autonómica, tenemos tan poco trabajo que nos da tiempo de charlar y entretenernos en otras cosas. ¿De Huesca ha dicho?

—Sí —se sinceró Moisés—. Hace unos días recibí la visita del doctor Eusebio Mezquita y me contrató para que averiguara algo sobre el asesinato del matrimonio Bonamusa.

—Qué extraño —dijo visiblemente contrariado—. ¿Por qué contrataría los servicios de un policía de Huesca?

Moisés arrugó la boca en señal de incomprensión.

—No lo sé —dijo a falta de mejor excusa.

El hijo se llamaba igual que el padre: Pedro Salgado. Y era el secretario de la Jefatura de Barcelona desde hacía unos años, según supo más tarde Moisés.

—No dudaremos en ayudarle en todo lo que necesite —le insistió—. Para algo somos compañeros.

—Está en la excedencia —objetó el padre, como si eso le hiciese menos compañero.

—Claro, papá —respondió el hijo—. Supongo que no podría dedicarse a este asunto de lleno si tuviese que seguir trabajando.

El hijo, al contrario del padre, no se interesó por el dinero que recibiría a cambio de la investigación.

—¿Qué quiere saber exactamente?

—Pues en principio hasta dónde avanzó la investigación —dijo Moisés—. Estoy seguro de que su padre llegó casi hasta el final —lo enjabonó con su comentario pensando que así sacaría más información.

El padre se rio estruendosamente.

—Lo que no sé es si su condición es de policía o de investigador —dijo alzando la voz el inspector Salgado—. Ya que si es de investigador mejor que se ande con cuidado...

—Papá —le gritó su hijo—. No sigas por ahí.

Moisés arrugó los ojos.

—¿Por qué tengo que andar con cuidado?

—Nada, compañero, mi padre que ha dedicado mucho tiempo a esa investigación y ha perdido la noción de la realidad.

El padre montó en cólera y estuvo a punto de abofetear a su hijo.

—Mejor que lo sepa ahora que cuando ya sea tarde —dijo.

—Está bien —acató su hijo—. Después de que investigara el crimen la policía y no llegando a ninguna conclusión, el caso se dio por cerrado y el amigo de los Bonamusa, el doctor Eusebio Mezquita, que creo que es quien lo ha contratado a usted, empleó a tres detectives para que avanzaran en la investigación.

—¿Tres? —preguntó Moisés.

—Sí, tres muertos —dijo el padre sin dejar que su hijo siguiera hablando.

—¿Muertos? —preguntó Moisés.

—Coincidencias —dijo el hijo—. No se ha podido demostrar que hubiesen sido asesinados.

—Las coincidencias no existen —chilló el padre cada vez más enfadado—. Esos fueron asesinados como el matrimonio Bonamusa, pero más sutilmente para que nadie sospechara.

—Conozco el caso de Genaro Buendía Félez —dijo

Moisés—. Sé que fue atropellado por una furgoneta en la calle Verdi.

—Así es —corroboró el inspector más joven—. Pero antes estuvo sobre el caso un investigador privado de nombre Anselmo Gutiérrez Sánchez y antes de este uno que trajeron de Canet de Mar, llamado Elías Otal Subirachs. El primero murió calcinado cuando su coche se estrelló en la carretera de Mata. Y el segundo se arrojó al tren en el tramo de Masnou a Badalona.

—Todos muertos —gritó el padre del inspector mientras los ojos se le salían de las órbitas—. Mu-er-tos —dijo, haciendo hincapié en cada sílaba.

—La verdad, es que es curioso —dijo Moisés, que no salía de su asombro—. ¿La investigación está en algún dossier? —preguntó.

—¡Huy! —exclamó el inspector joven—. Hace trece años de eso y no creo que mi padre guarde nada —dijo mirándolo—. ¿Verdad, papá?

—Me refería a la muerte de esos dos detectives o investigadores.

—Entiendo —replicó mientras miraba de reojo a su padre—. Dado que ambas muertes se produjeron fuera de la demarcación de Barcelona: una en Mataró y otra en Masnou, la investigación la ha llevado la Policía Autonómica o puede que incluso la Guardia Civil.

—¿Y la última?

—La del atropello de la calle Verdi la llevó la Guardia Urbana, al ser un tema de tráfico.

—Tres muertes y tres policías distintos investigando: uno por muerte —dijo Moisés queriendo parecer gracioso.

—Es lo que hay —aseveró el inspector joven—. Somos tantos que la casa está sin barrer.

—Pero una investigación que implica varias muertes y en sitios distintos debería llevarla la Policía Nacional —cuestionó Moisés.

—Eso dígaselo a los políticos y a los jueces —reprochó Pedro Salgado padre.

El hijo asintió con la cabeza.

—Aquí hay muchos pitos que tocar y pocas ganas de hacerlo —dijo el inspector joven—. ¿Sabe cuánto gana más que yo un cargo similar al mío de la Policía Autonómica?

Moisés se volvió a encoger de hombros.

—Cien mil pesetas de las de antes —chilló Pedro Salgado padre—. Sí, señor venido de Huesca, cien mil pesetas que con pagas y otras mandangas suman casi un millón al año. Por esa diferencia que trabajen los Mossos, que para eso cobran más.

Moisés evitó entrar al trapo con la conversación de los dos Salgado, a los que vio muy quemados con el asunto del despliegue de la Policía Autonómica.

—Sé que se abrió un GATI cuando murieron los Bonamusa —dijo—. La investigación... —abrió la libreta que guardaba en su bolsillo— número B/0145/96.

—Siempre se hace —atestiguó el inspector mayor—. Aunque no creo que haya nada en los ordenadores acerca de esa investigación...

—¿Y en los archivos? —preguntó Moisés—. Siempre se guarda un soporte documental de todo.

—Se guarda, pero no se mantiene —dijo el inspector joven—. Aquí ya no queda nada por hacer. Los antiguos ficheros de la policía se los están comiendo las ratas del sótano. —Sonrió.

—Tengan —dijo Moisés extendiendo la mano y entregando una tarjeta—, aquí tienen mi número de teléfono por si se les ocurre algo más acerca de los Bonamusa.

Como ninguno de los dos inspectores cogió la tarjeta, Moisés la dejó encima de la mesa del despacho.

—Lamentamos no poder ser de más ayuda —se excusó el inspector joven.

—Entiendo su situación. —Moisés hizo un alarde de empatía—. Llevan toda la vida dedicándose a la Policía Nacional de Barcelona y ahora van...

—Y nos dan la patada —acabó la frase el inspector más mayor visiblemente nostálgico.

—¿Han pensado en pasarse a los Mossos d'Esquadra? —preguntó Moisés queriendo ofrecer soluciones.

—Ni harto de vino —replicó el inspector mayor—. No tengo ni idea de hablar catalán y es una exigencia para entrar en su cuerpo de policía.

—Bueno, señores —dijo finalmente Moisés—. Les dejo. Y ya saben, si se acuerdan de algo más llámenme a este número —dijo señalando la tarjeta que había sobre la mesa.

15

Finalmente se marchó Moisés de la Jefatura de Policía de Barcelona con la sensación de que había más cera de la que ardía. Ni el padre ni el hijo habían sido amables con él, y tenía la impresión de que ambos le ocultaban detalles de la investigación. El famoso salvoconducto que quería hallar en la Jefatura de Policía Moisés Guzmán se fue por el sumidero y ahora sabía el veterano policía que era un hombre solo en Barcelona buscando algo que ocurriera hacía trece años y cuya investigación se esparció por varias comisarías y policías distintas. Ciertamente el amasijo de diferentes policías entorpecía el avance de investigaciones complejas, como era esta. Moisés recordó que en noviembre de 1992 ya hubo problemas en el secuestro de la farmacéutica de Olot y que parte de esos problemas se debieron a la participación de diferentes policías y al pique entre Guardia Civil y Mossos d'Esquadra y a la intervención del grupo de secuestros de la Policía Nacional. Seguramente el doctor Eusebio Mezquita lo contrató al ser un policía de fuera de Cataluña, un policía de Huesca.

Mientras andaba por las limpias calles de Barcelona pensó en las pocas ganas que tenían ambos inspectores de incorporarse a la plantilla de la Policía Autonómica y aprender el catalán. Le chocó a Moisés que en los años que había servido el inspector mayor en la policía de Barcelona, ni siquiera hubiera perdido el acento andaluz que aún conservaba, algo que no le había ocurrido al hijo, que tenía cierto deje barcelonés. El traspaso de agentes de la Guardia Civil y de la Policía Nacional a los Mossos d'Esquadra seguramente sería un buen fortalecimiento de ese cuerpo de policía. Lo de hablar catalán era algo lógico; pensó Moisés que nadie podría entrar a formar parte de la gendarmería, por ejemplo, sin saber francés correctamente.

De camino a la pensión se paró en un bar y se hizo preparar dos bocadillos fríos: uno de jamón y otro de queso, y planeó comerlos más tarde mientras trabajaba en su ordenador portátil, ese día tendría que meter muchos datos ampliando información.

Luego, cuando llegó a la pensión Tordera se encontró en el pasillo a una chica medio desnuda que pasaba de una habitación a otra. Era una mujer de aspecto sudamericano, baja de estatura y de tez muy morena. Le pareció guapa. Sus pechos los tapaba con un diminuto sujetador apenas perceptible y llevaba un pantalón corto que dejaba poco a la imaginación. Al pasar por delante de Moisés le guiñó el ojo y le dijo:

—En un momento estoy contigo, cariño.

Él no le hizo caso y siguió andando hasta el final del pasillo, donde estaba su habitación, la número treinta. Al cerrar la puerta dijo en voz alta:

—Pero... ¡qué coño hago aquí!

Se metió en el baño y se dio una buena ducha. Mientras se enjabonaba pensó en la chica que había visto en el pasillo y se dijo a sí mismo lo sencillo que sería ir en su búsqueda y meterla en la habitación. Por unos pocos euros podía pasar un buen rato. Seguramente ella misma pondría los preservativos, se dijo. Se acordó de que era pequeña y manejable. Se la imaginó encima de él cabalgando estrepitosamente y tuvo que aplacar una incipiente erección pensando en ello.

Cuando terminó de ducharse abrió el ordenador sobre la mesa de madera y cogió el primero de los bocadillos: el de jamón. Mientras lo devoraba con la mano izquierda creó dos carpetas más en el escritorio y las denominó con los nombres de los últimos detectives fallecidos: Anselmo y Elías. Los nombres de ambos los había anotado en un papel antes de salir del despacho de los detectives Pedro Salgado, padre e hijo. Se enojó al recordar la poca ayuda que le prestaron, que creyó más por desidia que por falta de colaboración. El estar en una jefatura de policía sin oficio ni beneficio, como se suele decir, hace que uno se vuelva un vago.

Desde la habitación de la pensión Tordera no tenía forma de conectarse a internet y averiguar más cosas de esas muertes a través de Google, pero lo anotaría en las carpetas y lo haría al día siguiente: el miércoles 19 de agosto.

Los tres nombres eran:

– Genaro Buendía Félez (detective privado muerto en la calle Verdi el 15-03-2008)

- Anselmo Gutiérrez Sánchez (detective muerto calcinado).
- Elías Otal Subirachs (detective que se arrojó al paso de un tren).

No tenía más anotaciones; aunque recordaba que los inspectores Salgado le habían informado sobre el trayecto del tren y la carretera donde se estrelló Anselmo, pero en las hemerotecas seguro encontraría información mas detallada. Del primero, de Genaro, ya tenía un buen artículo del diario *La Vanguardia*, ahora solamente le quedaba completar los datos de los otros dos.

Y estaba pensando en eso cuando le sonó el teléfono móvil. Miró la pantalla y vio que era Yonatan, el compañero de seguridad de la comisaría de Huesca. Pero como no le apetecía hablar no descolgó. Cuando dejó de sonar el móvil, lo puso en silencio. Miró el reloj de pulsera y vio que ya eran las nueve de la noche. Tenía que acostarse pronto ya que el siguiente sería un día muy largo, como los dos anteriores. Quería empezar a buscar información sobre los accidentes de sus tres antecesores. Y no era por una actitud investigadora, sino por un instinto de supervivencia, ya que él estaba actuando ahora como un investigador, y no como un policía.

16

El miércoles 19 de agosto se levantó Moisés Guzmán completamente renovado. Durante la noche no
hicieron apenas ruido los de la habitación de al lado y
eso le dio un respiro para descansar. Decidió que ese día
lo dedicaría a investigar a los tres detectives que, como
él, habían sido contratados tiempo atrás para averiguar
el paradero de la pequeña Alexia Bonamusa. El primero de la lista, del que ya tenía datos, era Genaro Buendía, muerto atropellado en la calle Verdi, muy cerca de
donde mataron a los Bonamusa. Del segundo y el tercero aún debía buscar datos y tendría que hacerlo a
través de internet, ya que la colaboración de los Salgado
era inexistente. El padre parecía más bien un enajenado
que hubiese perdido el norte y al hijo no se le veía por
la labor de ayudar en nada.

De camino a la biblioteca de la avenida Diagonal se
paró en un bar de la calle Córcega, donde devoró una
ensaimada que mojó en un tazón de café con leche. En
la puerta del bar se fumó un cigarrillo mientras observaba la sobrecargada circulación del miércoles por la

mañana. El día había amanecido plomizo y unas oscuras nubes amenazaban lluvia, tal como era previsible en la segunda quincena de agosto. Las calles de Barcelona se desperezaban del trasnochado verano y poco a poco se vislumbraba que la ciudad comenzaba a retomar el pulso del invierno, ya próximo.

Su mesa de la biblioteca estaba más llena que el día anterior y había muchos estudiantes que preparaban los apuntes de septiembre. El pederasta, como empezó a llamarlo, no estaba en su sitio. Al fondo, en la esquina más alejada había dos ancianos que hojeaban calmosos varios periódicos que había sobre la mesa. Cuando se sentó tuvo buen cuidado de silenciar el teléfono móvil para evitar que alguien le importunara con una llamada.

El icono del escritorio de su ordenador portátil parpadeó un par de veces y le indicó que la señal Wi-Fi había cogido la conexión. Abrió el navegador y escribió el nombre del segundo fallecido: Anselmo Gutiérrez Sánchez. Tuvo buen cuidado de entrecomillar el nombre, ya que al igual que el primero, los apellidos eran muy comunes y la búsqueda podía ser interminable. El buscador comenzó a indexar las hemerotecas y en unos segundos mostró el resultado. Solo aparecieron cinco enlaces referentes a ese nombre. El primero de ellos era de la hemeroteca de *La Vanguardia*:

Mataró.– Un varón, cuya edad e identidad no han trascendido, fue encontrado ayer calcinado en el interior de un vehículo, en la cuneta de un camino cerca de la carretera de Mata (Mataró). Según las primeras investigaciones, el suceso tuvo lugar tras explosionar un compresor que portaba el fallecido en el maletero de su vehículo. Así lo han señalado a Europa Press fuentes de la Guardia Civil, que han precisado que el hombre ha muerto como consecuencia de la explosión. El compresor se ha calentado y ha estallado, provocando que el coche se saliera de la carretera. Tras la extinción del fuego, los agentes y efectivos de los bomberos han descubierto que en el interior del coche había una persona fallecida. Mientras tanto, la Benemérita aún investiga las causas de este hecho.

En la noticia no ponía el nombre de la persona que había muerto, pero como la búsqueda salió con el nombre de Anselmo Gutiérrez Sánchez, Moisés supuso que era el nombre del fallecido. No había ningún dato más, ni siquiera unas iniciales, pero estaba seguro de que era él. La noticia estaba fechada el día dos de mayo de 2007. Moisés anotó todos los datos en la carpeta del escritorio del ordenador y en la hoja de ruta que estaba confeccionando. En un principio la relación que pudiera haber entre las dos muertes era incoherente. Este falleció en mayo de 2007 y el atropello de la calle Verdi fue en marzo de 2008. Según los datos moría un detective del caso Bonamusa por año. Del primero supuso que era militar, algo que aún debía comprobar, al haber sido trasladado su cuerpo tras el atropello al Hospital Militar de Barcelona, del segundo aún no sabía nada.

Notó la vibración del teléfono móvil en el bolsillo del pantalón. Lo extrajo y vio en la pantalla el nombre de Yonatan, el compañero de Huesca. Desde el interior de la biblioteca no podía hablar y no quería salir a la calle dejando el ordenador y sus notas sobre la mesa, no había que olvidar que estaba en Barcelona y fácilmente podían desaparecer sus efectos de encima de la mesa. Rechazó la llamada y escribió un escueto mensaje de texto dirigido a Yonatan:

«Ahora no te puedo atender, estoy ocupado, en cuanto pueda te llamo.»

En un minuto recibió otro mensaje que decía:

«OK.»

Sin tiempo que perder, ya que se estaba empezando a obsesionar con los detectives muertos, escribió en la casilla del buscador el siguiente nombre de su lista: Elías Otal Subirachs. Al igual que los anteriores también lo entrecomilló. El resultado solamente arrojó un enlace. Era una noticia de *El Periódico de Catalunya* con el texto:

Masnou.– Este miércoles, 12 de abril, a las 13.05 horas, un hombre de 32 años, se ha precipitado a la vía número 1 de la estación de Masnou. Un reportero de este diario ha acudido al lugar de los hechos y, según fuentes policiales, todo hace indicar que se trata de un suicidio. Debido a este hecho, las vías 1 y 2 de la estación no están operativas y todavía no se sabe cuándo se restablecerá su funcionamiento. De momento, por la vía 3 —de emergencia— se están realizando los diferentes recorridos, en ambos sentidos, previstos para hoy. La circulación de los trenes ha estado paralizada durante 7 minutos, desde las 13.05 hasta las 13.12 horas, confirman agentes de la Guardia Civil.

En principio era cierta la información que le habían dado el padre y el hijo Salgado de la Jefatura de Barcelona, pensó Moisés Guzmán. Entre el año 2006 y el 2008 habían muerto de forma accidental, aparentemente, tres detectives encargados de investigar la muerte de los Bonamusa y la desaparición de Alexia. La cuestión de averiguar más datos acerca de ese asunto era vital para Moisés Guzmán, ya que él también era un detective contratado para ese menester y corría el año 2009. No había que tener mucha imaginación para hacer un cálculo correlativo: él era el siguiente.

Transcribió los últimos datos en los archivos de su ordenador y se quedó ensimismado cuadrando las fechas en su cabeza. Y empezó a hacerse una serie de preguntas que lo atormentaron notablemente. Lo del asesinato de los Bonamusa, ¿no sería un cebo para acabar con su vida? ¿Por qué el señor Mezquita no le dijo que los anteriores detectives habían muerto? ¿Quién los mató y por qué, qué habían averiguado?

—Calma, calma —se dijo en voz baja—. Antes de nada tendría que averiguar si esos hombres habían sido asesinados. Todas las muertes, excepto la última, fueron accidentes; aunque el suicidio de Elías Otal también se podía calificar de accidente. Miró la edad que ponía en la nota de prensa: 32 años. Y pensó qué llevaría a un hombre de 32 años a arrojarse bajo un tren.

Entre sus notas había varios nombres relacionados con el caso con los que tenía pendiente una entrevista.

Uno de ellos era el periodista de investigación Luis Ribera, que en enero de 1997, al año siguiente del asesinato de los Bonamusa, había escrito unos artículos sobre el caso. Pero Moisés pensó que un periodista sensacionalista era lo que menos necesitaba ahora para avanzar en la investigación. Cuanta menos gente supiera que él estaba en Barcelona investigando, mejor.

Recogió la mesa de la biblioteca y se marchó al restaurante Alba de la avenida Diagonal. Al salir a la calle se cruzó con el pederasta, que entraba cabizbajo con su ordenador colgado a la espalda. Se preguntó quién sería capaz de ir cada día a una biblioteca para ver catedrales. Seguramente sería un arquitecto y estaría trabajando en el proyecto de una. O igual era un novelista a lo Ken Follet y estaba trabajando en un libro acerca de la construcción de una catedral. Aunque el día anterior no lo había visto tomando apuntes. Moisés dejó de pensar en eso mientras caminaba hacia el restaurante.

17

—¿Qué es de tu vida, jodido? —le dijo Yonatan nada más descolgar el teléfono.

—Me he metido en un berenjenal del que no sé cómo voy a salir —respondió Moisés, sentado en la cama de la habitación de la pensión Tordera.

—¡Qué loco estás! Con lo bien que estabas aquí en Huesca con tus denuncias y tu vida organizada. Mira que irte a Barcelona a hacer no sé qué cosa. Tú estás mayor para eso. —Yonatan rio aparatosamente.

—Lo cierto es que no sé por qué me ha dado por trabajar para ese hombre —dijo antes de advertir que no era conveniente hablar más de la cuenta.

—¿Para qué hombre?

—Hemos hablado poco últimamente —se justificó—. Me ha contratado un médico de Barcelona para que encuentre a una persona.

—Ya estás con tus bromas otra vez. —Yonatan volvió a reír—. No cuela —dijo, pensando que Moisés le estaba queriendo gastar una broma.

—Pues sí. Ya ves, estoy aquí en Barcelona en una

pensión de mala muerte atando cabos para averiguar algo que ocurrió hace trece años y encontrar a una niña que desapareció.

—¿Una niña?

—Así es.

—Después de trece años ya será una mujercita.

—Necesito que hagas algo por mí. —Yonatan notó un cierto aire de súplica en la petición de Moisés.

—Es algo serio, ¿verdad?

—Sí. No te puedo explicar mucho más ya que es un asunto delicado, pero al concederme la excedencia me han retirado el arma, la placa y cualquier tipo de acceso a las aplicaciones policiales.

—¿Necesitas que te busque algo?

—Hay tres personas de las que quiero saber más datos para avanzar en la investigación. Tres personas que murieron...

—¿Muertos?

—Sí, fallecieron entre los años 2006 y 2008 y...

—Pero... ¿en qué coño andas metido Moisés?

—¿Me ayudarás?

Yonatan dudó unos instantes. Desde el otro lado del teléfono Moisés oyó cómo se encendía un cigarrillo.

—Está bien, espero que no tenga complicaciones en el trabajo. ¿De qué se trata?

—Toma nota, sácame de la aplicación todos los datos que haya de los siguientes nombres: Elías Otal Subirachs, Anselmo Gutiérrez Sánchez y Genaro Buendía Félez.

—¿Qué tipo de datos?

—Su ficha del DNI, si fueron denunciados o denunciantes en alguna ocasión, si tenían vehículos, trabajo..., ya sabes, todo lo que haya grabado sobre ellos en las aplicaciones policiales.

—No me estarás haciendo la envolvente —cuestionó Yonatan—. Lo que me estás pidiendo es mucha tela para sacar de las aplicaciones de la policía. Si hay algún dato secreto o esas personas estaban metidas en algo gordo, ya sabes del estilo Brigada de Información, las aplicaciones policiales detectarán quién ha sido la persona encargada de hacer esas consultas y tendré que dar muchas explicaciones. Muchas, compañero...

Moisés no respondió, ya que tenía que meditar muy bien lo que iba a decir a continuación. De hecho no estaba seguro de que la información que solicitaba no fuese confidencial. Ignoraba las coincidencias que habría en las muertes de sus tres antecesores, pero de momento tendría que averiguar si los tres tenían algo en común. Algún hilo que le permitiese llegar al ovillo.

—¿Qué me dices? —insistió Yonatan—. ¿Me vas a buscar la ruina?

Moisés echó toda la carne en el asador y le dijo finalmente:

—No hay problema. Necesito esa información para ir completando la ficha de las personas interesantes para la investigación. Esos tres hombres murieron entre el 2006 y el 2008, como te he dicho y quiero saber más de ellos. Ya te explicaré, cuando nos veamos, con más calma, de qué va todo esto.

—Eso espero. Me tienes preocupado. Mañana sacaré la información y ya te llamaré por la noche.

—No —replicó de inmediato Moisés—. Prefiero

que me envíes un correo electrónico con la información sobre esas tres personas.

Yonatan entendió que el teléfono no era un medio seguro para Moisés.

—Pues yo prefiero llamarte —insistió—. Tan inseguro es el correo electrónico como el teléfono.

—Está bien —acató Moisés—. Muchas gracias por todo lo que estás haciendo. Ya hablaremos con más calma.

—Cuídate —dijo Yonatan antes de colgar.

Moisés se quedó pensativo sobre la cama. Sus ojos deambularon sobre el ordenador portátil y un par de folios con notas que había al lado. Se había obcecado con la muerte de los tres investigadores contratados antes que él para averiguar quién mató a los Bonamusa y dónde estaba la hija del matrimonio. Todo era una locura, pero consideraba vital para la investigación saber qué averiguaron sus antecesores y hasta dónde llegaron.

Se duchó y se preparó para salir a cenar algo. Un poco de brisa veraniega de Barcelona le vendría bien para despejarse. Desde la pensión Tordera fue andando hasta la calle Verdi, donde ocurrió todo. Se paró frente al bloque de pisos del número 45. Solo había luz en el segundo, la vivienda de los Artigas. Por la conversación mantenida con Pere Artigas, pudo dilucidar que su mujer ya había muerto. El tercer piso permanecía totalmente oscuro. Las persianas medio cerradas dejaban entrever unos cristales limpios. Alguien se encargaba de mantener adecentado el piso. Moisés se encendió un cigarro y miró el reloj de muñeca, eran más de las diez de la noche. Los comercios estaban cerrados y de un bar acristalado surgían risas. A través del ventanal vio un grupo de jóvenes que reían acaloradamente. Se fijó en una de las chicas, ya que portaba un pantalón corto que dejaba al descubierto unas piernas preciosas. Su pelo moreno era largo hasta la mitad de la espalda y lo balanceaba con cierta coquetería a la que no eran ajenos el resto de clientes del bar. Aquella chica debía tener la edad de Alexia Bonamusa, apenas dieciséis o diecisiete años. Pensó Moisés que bien pudiera ser ella. No había forma de distinguirla. Podía cruzarse con ella en medio de la calle y ni siquiera reparar que esa chica había sido secuestrada cuando tenía tres años. Era posible que ni ella misma lo supiera. Todo dependía del fin último del secuestro, una niña de tres años no tiene retentiva suficiente como para acordarse de lo que pasó. Podía haberse criado con una familia y creer que ellos habían sido sus padres desde siempre. La chica del pelo largo se percató de que Moisés se había quedado embobado mirándola. Vio que le decía algo al oído a uno de los chicos que la acompañaban. Este salió a la puerta del bar y miró desafiante a Moisés. El veterano policía se marchó calle abajo sin decir nada.

Mientras pasaba por delante de la esquina donde atropellaron a Genaro Buendía, se rio al pensar que el rasgo distintivo de la pequeña Alexia eran tres fresones rojos en la base de su espalda.

«Menos mal que no le he pedido a esa chica que me enseñara la espalda», pensó sin dejar de reír.

De camino a la pensión compró un bocadillo en la calle Balmes, hasta donde se había acercado paseando. El camarero se lo envolvió en una servilleta y lo metió dentro de una bolsa de plástico.

—*Bon profit* —le dijo.

Cuando llegó a la pensión Tordera se encontró en la sala de espera a la chica sudamericana que había visto la noche anterior. Era increíblemente guapa. Sus ojos despedían un destello vivaracho que conjuntado con una perenne sonrisa le conferían un aspecto embriagador. Ella lo miró con una coquetería que no ocultó.

—Buenas noches, desaborido —dijo riendo.

A Moisés le hizo gracia esa expresión que utilizaban los andaluces dicha por una chica sudamericana. Ella cruzó la pierna derecha sobre la izquierda y balanceó el pie hasta que el zapato de tacón se descolgó y cayó al suelo. El viejo que había en la recepción de la pensión siguió hojeando una revista sin prestar atención al despliegue de agasajos por parte de la sudamericana hacia el recién llegado.

—Buenas noches —respondió Moisés sin detenerse mientras seguía andando por el pasillo hacia su habitación.

La chica lo siguió con la mirada y él se dio cuenta pero no se giró en ningún momento.

Cuando entró en la habitación dejó el bocadillo envuelto en su servilleta sobre la mesa, al lado del ordenador portátil y se preguntó en voz baja:

«¿Por qué no?»

Solamente tenía que salir al recibidor de la pensión y decirle a aquella chica que le siguiera hasta la habitación. Por unos cuantos euros, de los que tenía de sobra, podía pasar un buen rato.

Se comió el bocadillo, que le sentó mal, pues se le había hecho un nudo en el estómago de los nervios. Y cuando hubo terminado salió al pasillo con la firme decisión de que si hallaba allí a la chica la llevaría a su habitación. Pero al llegar al vestíbulo vio con desilusión que ya no estaba. Otro se habría aprovechado de ella durante la siguiente hora. Esta vez el viejo de recepción sí que reparó en él, levantó los ojos y se rio.

18

El jueves veinte de agosto amaneció caluroso y con un cielo tan negro que de un momento a otro estallaría una sonora tormenta sobre Barcelona. Ya lo había advertido el telediario la noche anterior. Moisés miró el reloj y vio que ya eran las nueve y media, se había dormido. Saltó de la cama como si tuviese que ir a trabajar y llegara tarde a su puesto en la comisaría de Huesca. Tenía que afeitarse e ir a la calle Verdi para hablar con el señor Artigas, el vecino del piso de abajo. Era determinante lo que ese hombre le pudiera contar de sus vecinos de arriba.

Y cuando Moisés se había enjabonado la cara y se disponía a rasurar la cerrada barba el teléfono móvil que estaba en silencio comenzó a vibrar sobre la mesa, al lado del ordenador portátil. La pantalla indicaba que era Yonatan quien llamaba, algo había averiguado ya de los tres detectives anteriores, pensó Moisés.

—Buenos días, Yoni —dijo, terminándose de aclarar la garganta. La voz de Moisés surgió entrecortada.

—¿Qué pasa, detective? —le dijo Yonatan jocosamente—. Llevo desde las siete de la mañana fondeando la base de datos de la Policía Nacional. He tenido que parar varias veces ya que hay algún curioso que se me pone detrás del ordenador y no quiero que vean lo que estoy haciendo.

—Sí, Yoni, es importante que nadie sepa nada.

—Ya, ya, pero no estoy solo, ¿sabes? El único ordenador donde puedo hacer las consultas es el de la sala de coordinadores y hay varios compañeros que lo necesitan para hacer minutas de fin de semana. Mira, te cuento: de Genaro Buendía Félez sé que era un militar retirado, había estado destinado en el cuartel de infantería del Bruc, en Barcelona, hasta el año 2008, en enero se dio de baja...

—Murió en marzo de 2008 —dijo Moisés mientras repasaba sus notas, que leía sentado en la mesa de su habitación.

—No hay nada, en la base de datos, destacable, solo que en 2003 puso una denuncia por daños de la luna trasera de su coche, seguramente porque se la pediría el seguro para hacerse cargo del importe. Tenía carné de camión y de moto, algo lógico en los militares, y carecía de antecedentes penales. No sale nada más.

—Un tío normal —dijo Moisés.

—Sí, por nuestra parte, así es. De Anselmo Gutiérrez Sánchez tampoco hay nada. Trabajaba como lampista en una empresa de Vilassar de Mar, un pueblo que hay entre Barcelona y Mataró, estuvo trabajando hasta febrero de 2007 en que pidió el finiquito y se marchó. En esa empresa estuvo dos años justos y antes había sido vigilante de seguridad en Badalona.

—¿Vigilante? —inquirió Moisés.

—Sí, el primero militar y el segundo vigilante.

—Vaya, y los dos dejaron sus trabajos antes de emplearse como detectives.

—Espera que te hable del tercero —siguió Yonatan—. De Elías Otal Subirachs sé que era guardia civil en el puesto de Canet de Mar, un pueblo entre Mataró y Blanes. Estuvo destinado allí hasta que cursó la baja en enero de 2006...

—Este murió en abril de ese año —interrumpió Moisés.

—Tampoco sale nada destacable en los archivos policiales. Los tres eran gente corriente: el primero militar, el segundo vigilante y el tercero guardia civil.

—Sí —replicó Moisés—, pero todos estaban relacionados de una forma u otra con fuerzas y cuerpos de seguridad.

—Como tú —puntualizó Yonatan—. ¿Sabes si los contrató el mismo que te contrató a ti?

Moisés no quería dar tantas explicaciones a su compañero y optó por no hablar más de la cuenta. Omitió la pregunta.

—¿Cómo siguen las cosas por Huesca?

—Vamos como siempre. Aún está la gente de vacaciones y de momento hay poco trabajo. Hoy tiene pinta de llover y no creo que venga mucha gente a denunciar.

Moisés se quedó un rato ensimismado y pensando en la lógica del señor Mezquita, el hombre que lo contrató. Suponía que buscaba gente relacionada con la seguridad para que avanzaran en la investigación de la muerte de los Bonamusa y en la desaparición de la pequeña Alexia. Le pareció curioso que no contratara detectives profesionales y que todos, incluido él, estuvieran en activo hasta que les ofreció dinero para dedicarse a ese asunto. Pero lo más curioso e inquietante de todo era que esas personas murieran a los pocos meses de empezar a investigar. Entonces le vino una idea a la cabeza que, aunque descabellada, necesitaba comprobar si era posible.

—Yoni... ¿puedes conseguir la fecha exacta de la baja de sus respectivos trabajos? —preguntó sin estar muy seguro de lo que estaba pidiendo.

—Quieres decir el día que firmaron el finiquito.

—Sí, así es.

—En las aplicaciones policiales no existen esos datos, ya lo sabes —cuestionó Yonatan.

—Tendrías que mirarlo en el INSS.

—Vamos, Moisés, no me jodas. Una cosa es que te consulte los archivos policiales y otras es indagar en el INSS.

El INSS es el Instituto Nacional de la Seguridad Social. Cuando la policía tiene que consultar algún dato relacionado con la vida laboral de un investigado, debe dirigirse al INSS solicitando mediante escrito motivado los datos que necesita y el INSS responde en un plazo más o menos corto. Se puede saber cuánto tiempo ha estado trabajando una persona, dónde y qué información aportó en su día. En definitiva toda la vida laboral de alguien puede ser consultada por la policía cuando es necesario.

—Es sencillo —le dijo Moisés—. Hay un formato de oficio en la carpeta de coordinadores. Tan solo lo tienes que rellenar, poner el sello de la oficina de denuncias y entregarlo en mano al director del INSS de Huesca.

—Lo que te digo, Moisés, no me jodas con este asunto. Esa información solamente se puede solicitar si hay una investigación abierta.

Moisés dudó unos instantes. Tenía que convencer a Yonatan para que pidiera esos datos, aun sabiendo que lo hacía de forma ilegal. La única manera de legalizar esa petición era abriendo unas diligencias en la comisaría de Huesca sobre la investigación que estaba llevando en Barcelona. Pero el jefe de la comisaría no le hubiera dejado, argumentando que esa investigación era un asunto de la Policía Autonómica de Cataluña y que ellos, la Policía Nacional de Huesca, no tenía nada que ver.

—Mira —le dijo finalmente—, yo en alguna ocasión he solicitado datos al INSS y me los han dado sin ningún tipo de traba. Haz un oficio desde el ordenador del despacho de coordinadores, ya verás que solamente hay que rellenar los campos que te pide: los datos de filiación de la persona, el motivo y el número de diligencias policiales.

—¿Y qué número pongo? —preguntó Yonatan mientras tomaba nota de lo que le decía Moisés.

—Invéntatelo. Cualquier número valdrá. Eso no lo va a comprobar nadie.

Yonatan dudó unos instantes mientras anotaba en un folio los datos que tenía que pedir.

—¿Y luego?

—Te responderán en unas horas. Antes del mediodía tendrás el resultado. Te lo darán por escrito. Escaneas los documentos y me los mandas a mi dirección de correo electrónico, ya sabes cuál es.

—Está bien —asintió—. Espero que esto no me vaya a causar problemas.

—Cuando me llegue tu correo ya te responderé.

—Cuídate, Moisés. Cuídate —repitió antes de interrumpir la comunicación.

Una vez que se hubo afeitado, Moisés Guzmán salió de la cochambrosa habitación de la pensión Tordera y se dirigió andando hasta la calle Verdi. Quería hablar más profundamente con el vecino del piso inferior del matrimonio Bonamusa: Pere Artigas. Él sabría más cosas de las que había dicho y toda la información que pudiera aportarle sería importante para avanzar en la investigación. Apagó el ordenador portátil y lo dejó encima de la mesa de madera de la habitación. Cogió una libreta pequeña y un lápiz, a Moisés le gustaba tomar notas a lápiz ya que luego le permitía corregirlas si eran erróneas.

En el vestíbulo de la pensión se cruzó con el chico joven de recepción, que ni siquiera reparó en él. A esas horas, ya eran las diez de la mañana, el silencio era espectral. Fue caminando hasta la avenida Diagonal y se paró en el bar de siempre a tomar un café con leche y una ensaimada. En la puerta encendió un cigarrillo y luego fue caminando hasta la calle Verdi. Ya eran las once y media de la mañana.

Cuando llegó al número 45 se cruzó en el rellano con un hombre de unos cuarenta años, bien vestido y musculado. Llevaba el pelo corto a lo cepillo, que le recordó a un marine del ejército americano. Al pasar por su lado saludó con un escueto: «Buenos días.» Su acento era marcadamente catalán, aunque también tenía un deje francés. Pudo acceder al interior del inmueble sin problemas ya que la puerta no estaba cerrada, algo que le extrañó en una ciudad bombardeada por la delincuencia, pero el barrio de Gracia aún conservaba la tranquilidad de los pueblos, a pesar de estar insertado dentro de Barcelona.

En el vestíbulo solamente había tres buzones: un piso por planta. El primero ya imaginó que estaba vacío y pendiente de alquilar. En el segundo vivía Pere Artigas y el tercero era donde mataron a los Bonamusa, vacío también. El ascensor era antiguo, de esos que tienen una contrapuerta de madera que encierra a los ocupantes y a través del tragaluz se veía la correa metálica que lo izaba hasta la planta correspondiente.

Solamente llamó al timbre una vez y en menos de un minuto abrió la puerta Pere Artigas. Sus ojos se clavaron en los de Moisés y dijo un seco:

—*Què vol?*

—Buenos días, señor Artigas. Perdone que le moleste, soy Moisés Guzmán, ¿se acuerda de mí? Estuve a principio de semana hablando con usted en la calle.

Pere Artigas abrió un palmo más la puerta intentando que la luz del interior del piso alumbrara la cara de Moisés y le dijo:

—Ah, sí, ya le recuerdo. Espere un momento que arreglo el piso. Un segundo —dijo mientras cerraba la puerta y se metía dentro.

Moisés se quedó en el amplio y tenebroso rellano teniendo que encender la luz del automático unas cuantas veces. Al ser una escalera de pocos vecinos la luz se apagaba enseguida. Le dio por pensar que aquel hombre aprovecharía para esconder algo, aunque su imaginación no llegó a vislumbrar qué podría ocultar un anciano que vivía solo. Se rio con la ocurrencia de que fuese una revista porno.

Finalmente Pere Artigas le abrió la puerta del piso.

—Pase, pase —dijo—, señor...

—Moisés Guzmán.

—Ah sí, tengo dificultades para recordar los nombres. Me estoy haciendo mayor.

A Moisés le dio la sensación de que aquel hombre quería aparentar más torpeza de la que en realidad tenía.

—Gracias, señor Artigas. Es usted muy amable.

El piso de Pere Artigas era lo más parecido a un palacio. Moisés supuso que el piso superior, el de los Bonamusa, debía tener la misma distribución. Era una vivienda amplia y bien distribuida. Nada más entrar se topó con un recibidor ancho, presidido por un mueble de madera oscura y un espejo del tamaño de una persona. Atravesaron el recibidor y llegaron a un salón enorme donde había un sofá y una librería con un televisor de plasma. Desde allí había una salida a un balcón que intuyó daba a la calle Verdi. El salón tenía dos puertas que desembocaban en un pasillo por donde se repartían las habitaciones y los baños, dos contó Moisés. La cocina además tenía una salida a un balcón interior que daba a un tragaluz enorme.

—¿Y qué desea de este pobre viejo?

—Como le dije el otro día estoy investigando la muerte de los Bonamusa.

El rostro de Pere Artigas se contrajo levemente.

—Ah, ya, me lo dijo, es verdad. Pero poco le puedo ayudar, ya relaté en su día a los investigadores todo lo que sabía de ese asunto.

—Había una cuestión referente a una llamada que hizo usted a la Guardia Urbana el día once de mayo de 1996 comunicando que venían ruidos desde el piso de arriba, el de los Bonamusa.

—¿Una llamada? —cuestionó—. No recuerdo que hiciéramos ninguna llamada. Pero como ya le he dicho mi cabeza no está para muchos trotes.

—El lunes me dijo que ya le habían preguntado varias veces lo de la llamada a la Guardia Urbana y que usted dijo que nunca hicieron esa llamada.

—Mire, señor...

—Moisés.

—Mire, señor Moisés, mi cabeza no está para galopes, apenas recuerdo qué hice el lunes y estoy como para recordar qué hice hace trece años.

A Moisés le chocó que el señor Artigas no se acordara de nada pero dijera sin dilación que los hechos investigados habían ocurrido hacía trece años. Lo quiso poner a prueba.

—Creo que el asesinato de los Bonamusa fue hace doce años —dijo.

—No, no, señor...

—Moisés.

—Señor Moisés, eso fue hace trece años, la noche del quince de agosto de 1996.

—Tiene usted buena memoria para las fechas.

El señor Artigas se sintió un poco contrariado, según pudo apreciar Moisés en su mirada.

—¿Vive alguien más en este edificio?

—Nadie —respondió sin apenas pensar la respuesta.

—Al entrar me he cruzado con un hombre que...

—Ah, sí, es mi médico —dijo—. Viene tres veces por semana a pincharme.

—¿Pincharle?

—Sí, cosas de la edad —replicó mientras se le notaba que no quería hablar más del tema—. Los viejos siempre nos estamos medicando y pinchando.

—Pues está usted estupendo para su edad —alabó Moisés.

—¿Cuántos años tengo? —le preguntó entonces el señor Artigas.

Moisés se quedó mudo, pues vio en su pregunta un ataque. Ciertamente le había dicho que estaba estupendo para su edad y se suponía que no sabía su edad.

—No sé, sesenta —dijo tirando alto para quedar bien.

—Setenta y siete —gritó el señor Artigas mientras sonreía—. Ya son setenta y siete primaveras las que golpean estos huesos.

Moisés sonrió.

—Pues está usted muy bien.

—La cabeza, hijo. La cabeza es lo que falla.

Mientras hablaban, se fijó Moisés en los cuadros de la pared. Había uno de un paisaje y otro que sería una réplica de un Picasso. Varios diplomas que demostraban que el señor Artigas había ejercido como médico y recuerdos, supuso, de algún viaje, que podían ser figuras africanas o abanicos de colores chillones. Pero sobre el mueble donde estaba el televisor había un hueco que delataba que allí, hasta hacía bien poco, había un cuadro. Era un hueco pequeño que encajaba más con el tamaño de una fotografía. Pasó la mirada por encima y evitó que el señor Artigas se diera cuenta, seguramente fue en eso en lo que se entretuvo mientras lo hizo esperar en el rellano.

—¿Vive solo?

El señor Artigas lo miró entonces con furia.

—¿Es eso importante para su investigación?

—Siento haberle molestado —se excusó—. Ha sido una pregunta de cortesía.

El señor Artigas rebajó entonces el tono de su malestar.

—Le ruego que me disculpe, señor...

—Moisés.

—Señor Moisés, no recibo muchas visitas y he perdido la capacidad de mantener una conversación cordial. Mi esposa se fue hace años y desde entonces me he vuelto un ermitaño. ¿Quiere tomar alguna cosa?

—No, muchas gracias por todo —le dijo—. Ha sido usted de gran ayuda.

El señor Artigas lo acompañó hasta la puerta y allí se despidieron los dos estrechándose la mano.

Cuando salió a la calle recapacitó Moisés sobre lo que no había visto en el piso, que fue más de lo que vio. No había ninguna fotografía de la mujer del señor Artigas. Se preguntó el policía si las habría escondido todas mientras él se esperaba en el rellano. De ser cierta su hipótesis... ¿por qué lo había hecho?

19

Moisés ya había cogido hambre y se fue hasta el restaurante Alba de la avenida Diagonal. El ordenador portátil se lo había dejado en la pensión Tordera, por lo que tenía que recogerlo si luego quería ir a la biblioteca a seguir recabando datos; aunque pocas cosas tenía que buscar en internet. Se preguntaba por qué el señor Artigas escondió las fotografías de su mujer, si es que lo hizo y si es que eran de su mujer. Quizá, solo era una suposición, no quería que nadie más que él las viera. Igual las quitó antes de que llegara el médico que tres veces a la semana lo pinchaba. Un médico sin maletín, ya que recordó Moisés que cuando se cruzó con él en las escaleras no llevaba nada en la mano.

De camino al restaurante aprovechó para llamar por teléfono a Eusebio Mezquita. Necesitaba más datos para seguir avanzando en la investigación.

—¿Qué tal Moisés? ¿Cómo va por Barcelona? —dijo nada más descolgar.

—Bien, señor Mezquita, de momento voy atando cabos.

—¿Ha encontrado ya a la niña? —preguntó.

—En eso estoy —dijo Moisés formal.

—Solo era una broma —se disculpó el señor Mezquita—. Sería usted el *number one* si lo hiciera en tan poco tiempo.

Por un momento Moisés se sintió como si formara parte de algún tipo de apuesta del estilo a ver quién encuentra antes a alguien.

—Hay algunos datos que necesito y que usted me podría proporcionar —le dijo.

—¿Y bien?

—Por ejemplo quería saber si vive la mujer de Pere Artigas.

—¿Y eso?

—¿Está viva?

—No sé que importancia tiene eso para saber dónde está la pequeña Alexia.

A Moisés le molestó que el señor Mezquita fuese reticente a responder una pregunta tan sencilla.

—Murió una semana después del asesinato de los Bonamusa y de que desapareciera la pequeña Alexia.

—¿Hace trece años?

—Así es.

—¿Por qué no me lo dijo?

—Era una mujer mayor y murió de muerte natural. No sé qué importancia tiene eso.

Moisés meditó su respuesta.

—Creí que debía saberlo.

—¿Para qué?

Quiso decirle que el señor Artigas no tenía ninguna fotografía de su mujer en el piso, pero optó por callar, cuantas menos cosas supiera quien lo había contratado, mucho mejor.

—¿Ha averiguado algo más?

—De momento estoy en ello. Aquí las cosas son difíciles para investigar.

—Pero es usted policía. No tendrá problemas en bucear en los archivos de la Jefatura de Barcelona.

—No crea. La Policía Nacional ya no lleva esos asuntos, aquí se encargan los Mossos d'Esquadra y no creo que ellos me faciliten ciertas informaciones.

—Seguro que usted sabrá cómo conseguirlas —le dijo a Moisés justo cuando este cruzaba un paso de cebra de la calle Córcega, muy cerca de la avenida Diagonal.

—¿Tienen los Artigas hijos? —le preguntó.

—¿Para qué quiere saber eso?

El señor Mezquita era muy reticente a responder preguntas sencillas.

—¿Los tienen? —insistió Moisés.

—No dudo, señor Guzmán, de que vaya a llevar la tarea para la cual le pago de forma eficiente —dijo el señor Mezquita—. Pero no sé por qué tengo la sensación de que está usted andando por las ramas. No se entretenga en investigar a personas que nada tienen que ver con el caso.

—¿Por qué cree que no tienen nada que ver? —le preguntó poniéndose a la defensiva.

—Está bien, está bien. Lleve usted la investigación a su manera, en definitiva lo único que importa es el resultado.

A Moisés le recordó una frase al estilo del cardenal

Richelieu, como si el fin confirmara los medios empleados.

—Creo que tienen un hijo que rondará los cuarenta años.

—¿Lo ha visto usted?

—Hace tiempo. No olvide que fuimos vecinos. En el año 1996 yo vivía en la calle Verdi, en el número 41, y en alguna ocasión habíamos coincidido en alguna tienda comprando. Puede que al hijo de los Artigas lo viera en una librería que hay en la confluencia de la calle Terol, pero de eso hace ya más de quince años. Supongo que habrá cambiado mucho.

Moisés no dijo nada, como si estuviera meditando su siguiente pregunta.

—¿Alguna cosa más, señor Guzmán?

—No, le mantendré informado de los avances que haga.

—No es necesario —dijo el señor Mezquita—. Solamente llámeme cuando sepa dónde está la niña.

—Así lo haré.

Y los dos colgaron al mismo tiempo. «Imbécil», dijo Moisés justo cuando pasaba por su lado un extranjero que se dio por aludido sin saber que ese comentario lo dedicaba a la persona con la que acababa de hablar. Se fumó un cigarrillo delante de la puerta del restaurante Alba y cuando se lo hubo terminado entró a comer. Ese día tenía mucha hambre.

20

Después de comer, Moisés se fue hasta la pensión Tordera, pensando por el camino que el hombre con el que se cruzó en el rellano, del piso del señor Artigas bien podría ser su hijo. De ser así el señor Artigas le habría mentido e ignoraba los motivos que tenía para hacerlo. Recapacitó sobre ello y se dijo que igual su hijo era médico y vino a pincharle y que en el fondo no mintió tanto, ya que no tenía por qué decirle que era su hijo. Tampoco se lo había preguntado.

Al entrar se encontró en el recibidor de la pensión con el hombre mayor, que seguramente entraría en el turno de tarde. Se estaba fumando un cigarro en el mostrador de recepción mientras removía un café con una cuchara de plástico.

—Buenas tardes —lo saludó.

Él respondió con un apático:

—Buenas son.

En el pasillo de las habitaciones se encontró a la chica morena. Vestía un ajustado conjunto de pantalón negro y camiseta a juego que le marcaban una silueta sobradamente sensual. Calzaba unas sandalias blancas que mostraban unos pies preciosos. Su vista bajó hasta ellos y luego mientras subía se detuvo en el escote. La muchacha no tenía unos pechos grandes, pero estaban correctamente colocados y a través del fino suéter sobresalían unos pezones redondos y negros que provocaron una erección en Moisés.

—Buenas tardes, señor —dijo ella con un marcado acento sudamericano.

—Hola —replicó él.

Al cruzarse en el estrecho pasillo ella le puso la mano en el hombro acariciándole.

—Está usted muy solo por aquí —le dijo casi susurrando.

Como no supo Moisés qué responder, no respondió nada y siguió caminando hasta su habitación, la número treinta. Cuando hubo metido la llave en la cerradura se giró, y la chica seguía allí, de pie en medio del pasillo mordisqueando el dedo gordo de su mano en lo que Moisés vio toda una provocación por su parte.

—¿Cuánto? —le preguntó sin andarse por las ramas.

—¿Cuánto tiempo va a estar usted aquí? —preguntó a su vez ella.

—No sé. Depende de mi trabajo. Una semana, dos, un mes a lo sumo.

Giró la llave y se escuchó el ruido de la cerradura.

—Entonces la primera vez es gratis —dijo ella.

Él sonrió y abrió la puerta de par en par. Entró en la habitación y comprobó que todo estaba en orden. Tenía el presentimiento de que algún día al entrar estaría todo revuelto y alguien se habría llevado el ordenador portátil y rebuscado en los cajones de la mesita de noche; aunque no dejaba nunca nada de valor en la habitación, a excepción del ordenador.

La chica entró tras él y se dirigió al baño directamente. Entrecerró la puerta y Moisés oyó que se metía dentro de la ducha. El sonido del agua le dijo que la chica quería estar limpia. Eso le gustó. Bajó las persianas del todo y se aseguró de que la puerta estaba bien cerrada. Puso el móvil en silencio, no quería distracciones. Luego pensó que la vibración, en caso de que alguien llamara, también le molestaría, así que optó por apagarlo. Se quitó los zapatos y los dejó debajo de la cama. La camisa la colgó en una percha del armario y lo mismo hizo con los pantalones. Su cartera con toda la documentación, tarjetas y carné de policía en excedencia, la guardó debajo del armario, no sabía con qué intenciones había entrado la chica en su habitación. Igual, después de hacer el amor, él se quedaba dormido y ella aprovechaba para robarle.

El grifo del agua se silenció y seguidamente salió la chica del baño. Tenía el pelo recogido con una toalla y su cuerpo desnudo estaba parcialmente húmedo; no se había secado del todo.

—Yo ya estoy lista —dijo sonriendo.

Él se metió en el baño y cerró la puerta. Se desvistió del todo y se puso dentro de la ducha. Estuvo al menos cinco minutos enjuagándose y mientras tanto vació su mente de pensamientos acerca de si estaba bien o mal lo que iba a hacer. Ella era una profesional y él un necesitado. No había nada malo en ello, al contrario, se dijo mientras el agua aporreaba su cabeza.

Cuando salió de la ducha solamente llevaba un fino slip que tapaba lo justo. Ella estaba desnuda sobre la cama y con las piernas semiabiertas y cruzadas. Él se arrodilló y sumergió su boca perdiéndose en un amasijo de pelos rizados y cortos. Cuando ella alcanzó el orgasmo, él se tumbó boca arriba y ella le hizo una candorosa felación que le hizo explotar de placer. Luego ella fue resbalando por encima de sus rodillas y aplastó sus pechos contra él. Luego hundió la lengua en su oreja comenzando a besarla tiernamente, lo que le provocó una segunda erección. Su miembro no tardó en encontrar el orificio por donde expandirse. Mientras la chica cabalgaba escupió en la cara de él, algo que provocó que eyaculara de inmediato. No se esperaba esa reacción por su parte y le pareció muy excitante. Ella se incorporó y se metió en el baño.

Cuando salió él hizo lo mismo. Se dio una buena ducha y pensó que se lo había pasado estupendamente. Las piernas le flaqueaban y se acordó de que no sabía el nombre de la chica, algo que le preguntaría en cuanto saliera del baño.

Pero cuando él terminó de ducharse la chica no estaba en la habitación. Ella se fue sin ducharse, pero las paredes de la pensión eran muy finas y al cabo de unos minutos oyó Moisés ruido proveniente de la ducha de la habitación de al lado. La chica había terminado su trabajo y no se entretuvo en conversar. En otra ocasión le preguntaría su nombre, pensó.

Miró el reloj y eran ya las siete de la tarde, así que se encendió un cigarro y se preparó para ir a la biblioteca a consultar el correo electrónico, Yoni ya le habría mandado los datos del INSS.

21

Al pasar Moisés por la recepción de la pensión, el hombre mayor levantó la vista y chasqueó los labios mientras se reía. Supuso el policía que ese hombre ya sabía lo que había pasado en su habitación una hora antes. Las paredes de la pensión eran tan finas como un papel de fumar mojado y se oía todo en todas partes. Moisés ni se inmutó e hizo como que no se había dado cuenta.

Y nada más poner el pie en la calle el cielo explotó en una estruendosa tormenta de verano. Enseguida comenzaron a caer enormes gotas de lluvia que mojaron el suelo por completo y en un par de minutos ya se formaban charcos en las aceras. Desde la pensión hasta la biblioteca había demasiada distancia como para hacerla andando bajo la lluvia, así que se apostó al final de la calle esperando a que pasara un taxi libre.

El tráfico de la calle Fraternitat era lento y los coches circulaban despacio a causa de la lluvia. Moisés tuvo que esperar varios minutos hasta que pasó un taxi libre y se subió en él. Supuso que la biblioteca cerraría a las ocho de la tarde y no disponía de mucho tiempo para consultar el correo desde su ordenador portátil.

—Ya terminó el verano —le dijo el taxista, con acento andaluz.

—Pues sí —afirmó Moisés—. Déjeme lo más cerca de la puerta, si puede —le solicitó.

El conductor del taxi portaba un palillo en su boca que movía incesante y supuso Moisés que era para mitigar las ganas de fumar.

Al cabo de unos escasos diez minutos se bajó delante de la biblioteca y vio en la puerta bastantes chicos jóvenes que compartían varios paraguas, la lluvia también les pilló a ellos por sorpresa. Accedió al interior y se sentó en el mismo sitio que el día anterior. El pederasta no estaba allí.

Abrió el ordenador y esperó unos segundos hasta que conectó con la red Wi-Fi. El icono del navegador parpadeó un par de veces y enseguida se iluminó. La bandeja de entrada empezó a llenarse de correo. El segundo en llegar fue el de Yonatan. Era un correo grande y supuso que habría escaneado la respuesta del INSS referente a los tres detectives y se la mandaba en un archivo formato imagen.

Cuando tuvo en pantalla los archivos se dedicó a anotar en un folio los datos que necesitaba. El primero era Elías Otal Subirachs. En su ficha decía que había sido guardia civil hasta el 21 de febrero de 2006, fecha en la que cogió la excedencia del cuerpo. Además venía un historial laboral donde se reflejaba que antes de ingresar en la Guardia Civil había tenido otros empleos como repartidor de bebidas y camarero.

El segundo era Anselmo Gutiérrez Sánchez. En su ficha decía que se había dado de baja de la empresa de seguridad para la que trabajaba el día 13 de marzo de 2007. Solamente estuvo trabajando dos años y compaginó su labor con la de lampista, ya que al mismo tiempo estuvo haciendo remiendos en la zona de Badalona como autónomo. Pero en la ficha del INSS figuraba la profesión de vigilante. Sabía Moisés que había muchos policías, guardias civiles y vigilantes que tenían dos trabajos al mismo tiempo, ya que el sueldo no era muy bueno y de alguna forma tenían que subsistir.

Y el tercero era Genaro Buendía Félez, el detective privado que murió atropellado por una furgoneta de reparto en la calle Verdi. Fue militar hasta el 25 de enero de 2008, que solicitó la baja del ejército y no le figuraba ningún empleo nuevo, por lo que supuso Moisés que se había instalado por su cuenta al ser contratado por el señor Mezquita. Dado que su cargo dentro del ejército fue el de cabo primero, comprendió que se hubiera marchado, ya que el sueldo de ese rango era de los más bajos de la Administración; aunque no hubiera habido incompatibilidad en compaginar los dos empleos: podía haber seguido siendo militar al mismo tiempo que investigaba la muerte de los Bonamusa y la desaparición de la pequeña Alexia.

Moisés respondió el correo electrónico de Yonatan con un «Muchas gracias, compañero, ya hablaremos», y se dispuso a repasar las notas que había tomado. Buscaba algún tipo de conexión entre las tres muertes y pensaba que ahí estaría el meollo de la cuestión.

La lluvia comenzaba a remitir y a través de las cristaleras de la biblioteca se vislumbraba cómo el cielo empezaba a despejarse. Miró el reloj y vio que ya eran las ocho, pero como nadie dijo nada y el resto de clientes de la biblioteca no se movieron de sus asientos, supuso que el horario de cierre sería más tarde, a las ocho y media o incluso las nueve. En cualquier caso aún le quedaba un rato para repasar las notas y buscar en internet si fuese necesario algún dato más.

Ordenó los nombres por fecha de fallecimiento, así empezó por el guardia civil Elías Otal, que murió en 2006. Le siguió el vigilante Anselmo Gutiérrez, que murió en 2007. Y por último el militar Genaro Buendía, que lo hizo en 2008. Aparentemente coincidían los tres en que tenían profesiones relacionadas con la seguridad. Si se incluía él, que era policía, no era descabellado pensar que la persona que los había contratado, el doctor Eusebio Mezquita, buscara personas bregadas en los temas de investigación y que tuvieran relación con departamentos donde pudieran extraer datos vedados a la mayoría de los ciudadanos. Eso sería un gran avance en la investigación de la muerte de los Bonamusa, algo que después de trece años era cada vez más dificultoso. En ese sentido el tiempo jugaba en su contra, pensó Moisés.

Cuando hubo ordenado las fechas mordisqueó el lápiz mientras miraba los datos. Sus ojos deambularon de un lado para otro buscando alguna coincidencia. En un principio se fijó en los nombres, los dos primeros empezaban por vocal: Elías y Anselmo, pero no el tercero: Genaro. Pero era una correlación insulsa y sin ningún significado. Se rio con la tontería. Luego empezó a ver las poblaciones donde ejercían sus actividades, después sus apellidos y al final comenzó a jugar con las fechas de las muertes. Eran tres años consecutivos: 2006, 2007 y 2008. Y siguiendo ese mismo orden vio que murieron en los meses de abril, mayo y marzo. Las fechas de las excedencias eran febrero, marzo y enero. No sabía muy bien Moisés qué buscaba, pero se encontró como si estuviera resolviendo algún galimatías y en la respuesta estuviese la solución a los crímenes, que después de todo tampoco sabía si era importante para averiguar quién había matado a los Bonamusa y dónde estaba la niña, pero por algún sitio tenía que empezar.

El reloj de la sala de la biblioteca marcaba las ocho y media y algunos jóvenes se levantaban de sus asientos y salían a la calle aprovechando que había cesado la lluvia. Moisés le preguntó a un empleado de la biblioteca, que se entretenía en recoger unos libros de la mesa de al lado, el horario de cierre.

—*Es tanca a les nou* —le dijo.

Como aún le quedaba media hora, siguió mirando los apuntes distraídamente. Después de todo, no esperaba encontrar nada relevante. Vio que Elías Otal Subirachs había muerto el 12 de abril de 2006 y que causó baja de la Guardia Civil el 21 de febrero de 2006. Sumó los días y el resultado arrojó un total de cincuenta días. Como la cifra le pareció exacta y curiosa al mismo tiempo, repitió la operación con la segunda muerte: Anselmo Gutiérrez Sánchez. Este había causado baja de vigilante el 13 de marzo de 2007 y murió calcinado en su coche el 2 de mayo de 2007. El saldo no podía ser más aterrador: cincuenta días también. La frente de Moisés comenzó a perlarse de sudor y el aire entraba por su boca con dificultad. Los dos primeros habían muerto cincuenta días después de solicitar la excedencia. Era mucha casualidad. Repitió la operación con el último: Genaro Buendía Félez. Había solicitado la excedencia del ejército el 25 de enero de 2008 y murió el 15 de marzo de 2008.

—No —exclamó ante el asombro de una chica que estaba desconectando su ordenador portátil en una mesa contigua a la suya.

La última suma también daba como resultado cincuenta días. Los tres habían muerto cincuenta días después de solicitar la excedencia. Era demasiado exacto como para ser una coincidencia. Y a continuación anotó un nombre más en la lista: Moisés Guzmán. Había pedido la excedencia el 10 de agosto de 2009. Sumó cincuenta días y fechó su propia muerte: el 29 de septiembre de 2009.

Cerró el ordenador y salió de la biblioteca huyendo como alma que lleva el diablo.

22

—Hace días que no vas a ver a tu madre —le dijo el anciano a su hijo mientras este sorbía una taza de café.

—Sí, he estado muy ocupado. Además no quiero aparecer por el pueblo hasta el mes de septiembre. Hay muchos turistas en estas fechas.

El anciano asintió con rostro compungido.

—¿Ocurre algo, papá?

—Hay otro investigador haciendo preguntas.

—¿Otro más? —exclamó su hijo, incrédulo—. ¿El hombre que vino a verte?

—Sí, hijo, otro más. ¿Cuándo acabará esto?

—Ese doctor no se da por vencido.

—Pues no. Y el caso es que cada vez se acercan más los investigadores que contrata.

—Al final tendré razón yo, cuando te dije que teníamos que habernos ido todos al extranjero.

—Ya hemos hablado de eso. Pero... ¿a dónde?

—Es igual el sitio. El caso es vivir tranquilos de una vez por todas. Y si...

—No vuelvas con eso. El doctor Mezquita no es un médico del tres al cuarto. La policía reabriría el caso y lo que menos nos interesa es que husmeen de nuevo en todo esto.

—Muerto el perro se acabó la rabia. Ya no vendrían más.

—No sé, hijo. No lo veo claro.

—Solo tendría que ir unos días a Zaragoza y planear cómo hacerlo. No me sería difícil.

—¡No! —gritó el padre—. No sabemos qué sabe él de todo esto hasta ahora y hasta dónde han llegado los tres investigadores anteriores. Seguramente se cansará y dejará de buscar a Alexia.

—Por cierto —dijo el hijo bajando la voz—. Supongo que no perderías de vista al último cuando entró en casa, ¿verdad?

—Sí, sí, tranquilo.

—Ya te dije que este es policía nacional y a lo mejor te investiga y pone micrófonos en casa.

—No lo hago tan listo.

—Sí, pero no te fíes. A saber qué ha averiguado hasta ahora.

—¿Lo has seguido?

—Sí, se aloja en una pensión de mala muerte de la calle Tordera y va a menudo a la biblioteca de la avenida Diagonal. Supongo que para usar internet.

—Bueno, ya se cansará —dijo el padre confiado—. Y si no..., ya sabes, cincuenta días y...

—Vale papá. Ya estoy cansado de las coincidencias. Si al finalizar agosto veo que avanza mucho, este va muy rápido, me lo cargo como a los otros y aquí paz y después gloria.

—Tú mismo, hijo, pero creo que esto cada vez va a

más. Han pasado trece años y aún siguen buscando. Al final se enterará mamá y los del pueblo y Alexia y...

—Tranquilízate, papá. Veamos hasta dónde llega y luego ya veré qué hago.

—Anda, termina el café y mira la calle antes de salir. Recuerda que este ya te ha visto una vez.

—Descuida. Ya lo tengo calado.

23

El viernes 21 de agosto de 2009 amaneció Barcelona con un cielo claro y despejado. Moisés Guzmán vio a través de la ventana que no llovería y decidió averiguar todo sobre los detectives que había contratado el doctor antes que a él. En ellos radicaba la pista para llegar hasta el asesinato de los Bonamusa y la desaparición de la pequeña Alexia. Hasta ahora sabía que habían sido, por ese orden, un guardia civil, un vigilante de seguridad y un militar. Los tres estaban en activo cuando fueron contratados y los tres murieron por accidente, cincuenta días después de solicitar la excedencia de sus respectivos cargos. Sus sospechas también se centraron en el vínculo que los unía a los cuatro: el doctor Eusebio Mezquita Cabrero. Era la persona que los relacionaba a todos. Se preguntó si ellos también habían sido conocedores del experimento médico con la niña y de lo que su sangre era capaz de hacer. Y como el mejor sitio para documentarse era la biblioteca de la Diagonal, hacia allí fue.

A las nueve de la mañana cruzó el pasillo de la pensión y temió encontrarse con la chica sudamericana de la que aún no sabía el nombre. Pero en el pasillo no había nadie y la recepción de la pensión estaba vacía, el chico no se había incorporado a su puesto de trabajo. Al salir a la calle Tordera se cruzó con él en la misma puerta, donde estaba hablando por teléfono, mientras sostenía un cigarro en la otra mano.

—Buenos días —dijo Moisés.

Él saludó con la cabeza y siguió hablando por el móvil.

Moisés caminó desconfiado por la calle Francisco Giner en dirección hacia la biblioteca. Desde que supo de las muertes de sus antecesores se fijaba en la gente que salía a su paso y de tanto en tanto se detenía ante un escaparate para observar a través del reflejo si alguien lo seguía.

El reloj de pulsera marcaba las diez en punto de la mañana cuando traspasaba la puerta de la biblioteca. Vio al pederasta, como empezó a llamarlo, sentado solo en la parte más alejada de la entrada. Ante él tenía el ordenador portátil abierto y removía incesante el ratón con la mano derecha. Masticaba ruidoso un chicle con la boca abierta y a esa hora era el único sonido que se oía en el interior de la biblioteca. Moisés dio una vuelta completa a la mesa antes de sentarse y al pasar por detrás de él se fijó en las imágenes de varias catedrales que llenaban la pantalla del monitor. Estaba seguro de que era una tapadera, de que aquel hombre estaba viendo otra cosa y siempre que alguien se le acercaba cambiaba las imágenes. Memorizó la posición que ocupaban las diferentes fotos. Había un total de dieciséis catedrales; algunas de ellas en construcción. Se fijó en la primera y en la última. Sabía Moisés que el buscador de imágenes de Google nunca las mostraba igual, por lo que supuso que si lo que siempre se veía al pasar por detrás de él era una foto lo sabría la próxima vez.

Una vez sentado en su sitio Moisés abrió el ordenador y espero unos segundos a conectarse con la red Wi-Fi. Abrió el navegador y buscó: «Cincuenta días para morir.» Entrecomilló toda la frase para que el resultado no fuese muy extenso. Enseguida apareció un artículo bastante extenso acerca de un grupo armado de Perú que asesinaba a sus víctimas después de cincuenta días de secuestro. Había varios artículos de prensa y un documental breve sobre ese grupo: *Los chonguinas de Acobamba*. En los artículos hablaban de asesinos que secuestraban a los habitantes de la provincia de Acobamba, en Perú, y daban a los familiares cincuenta días de plazo para que abonaran la cantidad de dinero para liberarles. Solían solicitar unos quinientos nuevos soles, algo así como ciento veinte mil euros, al cambio. Era una suma desorbitada para las economías de esa región. La Policía Nacional de Perú había investigado al grupo, pero al ser reducido en miembros y operar en una región selvática aislada les había sido imposible, hasta la fecha, realizar detenciones y mucho menos acabar con los secuestros. Un autor de la ciudad de Lima había escrito un libro acerca de ese grupo: *Muerte en Acobamba*, el cual no había sido traducido a ningún idioma y se había vendido únicamente en Perú, Ecuador y Bolivia. Su autor se llamaba Edelmiro Fraguas. A través de una página de compra de libros, Moisés vio que no había ninguna biblioteca española que lo tuviera, por lo que tenía que pedirlo a través de internet y seguramente tardaría varias semanas en llegar. «Demasiado tiempo», se dijo. Hubiese sido interesante leerlo y saber más sobre ese extraño grupo que mataba después de cincuenta días de secuestro. Buceó más por la red de redes y llegó a leer recortes o artículos más pequeños sobre el libro escrito por el tal Edelmiro Fraguas, hallando que era el único libro escrito por Fraguas. Como no vio fecha de defunción, supuso que aún estaría vivo. Centró entonces la búsqueda en la persona de Edelmiro Fraguas. El autor había nacido en un barrio pobre de Lima y tenía actualmente cincuenta años. Moisés reflexionó sobre las coincidencias: cincuenta años y cincuenta días para morir.

Tras una hora de buscar y rebuscar, desistió al no encontrar ningún dato que le fuese de utilidad en Google, así que abrió el programa de descargas ilegales y rastreó en busca del libro *Muerte en Acobamba*. Había solamente dos resultados y ambos eran de pago. Para descargar el libro solicitaban un número de tarjeta de crédito. Moisés sacó su cartera y escribió el número en los campos que le solicitaban, luego la fecha de caducidad de la tarjeta y después el número secreto. «Si me estafan, que me estafen», murmuró. El libro era lo más importante ahora. En seguida se abrió una página web con un enlace a un archivo PDF donde podía descargar el libro. Cuando lo tuvo en el escritorio del ordenador, sacó un Pen Drive del bolsillo y lo copió allí. Tendría que imprimir el libro para leerlo con calma. No era muy extenso, unas doscientas páginas, pero le llevaría un par de días, dedicándose en exclusiva, leerlo entero.

En uno de los mostradores había dos chicas: una joven y otra más mayor, que atendían al público. Se acercó hasta la joven y le preguntó:

—¿Para imprimir un libro en PDF?

—Disponemos de un servicio de impresión y encuadernación en la planta de abajo —indicó la chica señalando hacia unas escaleras metálicas.

Moisés no se había fijado en que había otra planta más abajo.

—Gracias —dijo. Y se encaminó hacia la escalera.

Antes pasó por la mesa donde estaba sentado y recogió el ordenador. De dejarlo allí no estaría al regresar. Bordeó por el lado más alejado y volvió a transitar por detrás del pederasta, que seguía masticando chicle con la boca abierta y haciendo un ruido espantoso. Las imágenes de catedrales que mostraba su monitor eran idénticas a las que había visto al entrar. Sus sospechas se habían confirmado, utilizaba esas imágenes como tapadera, eran una foto fija, y seguramente estaría mirando otras cosas antes de que alguien pasara por detrás de él.

En la planta de abajo de la biblioteca había varias y extensas estanterías llenas de libros. Al fondo había un servicio de fotocopiadora con varios chicos jóvenes haciendo cola. Se puso detrás del último y esperó a que le llegara su turno. Mientras esperaba oyó a los chicos hablar catalán y no le pareció un idioma tan feo como decían. Si prestaba atención se entendía bien y salvo alguna palabra más rebuscada podía comprenderse dentro del contexto de una conversación. Las empleadas de la fotocopiadora trabajaban con celeridad y en apenas unos minutos le llegó su turno.

—*Digui* —le dijo una chica joven.

—¿Puede imprimir un PDF y encuadernarlo?

—¿Por las dos caras?

—Sí. Gracias.

A Moisés le chocó que respondiera en castellano cuando ella hablaba catalán y desmitificó en su mente eso de que en Cataluña solamente hablan catalán. Llevaba casi una semana completa en Barcelona y se había desenvuelto perfectamente hablando castellano.

En apenas cinco minutos vio llegar desde el fondo de la copistería a la chica con un ejemplar del libro *Muerte en Acobamba* perfectamente encuadernado con tapa dura de plástico transparente.

—¿Qué le debo?

—Son cinco euros —dijo la chica. Y enseguida atendió a otro cliente que esperaba.

Moisés pagó y se marchó con el libro debajo del brazo. No había tiempo que perder y tenía que leerlo entero para saber el misterio que rodeaba las muertes después de cincuenta días.

24

En un pequeño pueblo de la provincia de Girona, llamado Vilamarí, hay una anciana de pelo blanco que recoge entretenida la ropa, tendida en un terreno por donde pululan varios patos bebiendo agua de una charca. Es una mujer vieja, de rostro afable y tez morena que destaca sobre su pelo plateado. Sus ojos son negros y profundos y sus manos fuertes y aguerridas. Ni siquiera la ropa mojada cuando la tiende le hace mella, ni le desconcha una capa de piel ni le agrieta los nudillos. Es una mujer esbelta, altiva, de piernas rectas y pies perfectos, ni un uñero, ni un callo. Su voz clama a través del aire recalentado y suena firme.

—Mamá —grita una chica joven desde el interior de la casa.

Ella la mira y sonríe. Sus dientes rectos y perfectamente colocados reflejan el sol del mediodía. Cualquiera diría que es una dentadura postiza, pero son los dientes de la juventud que nunca llegaron a marchitarse.

—Vengo enseguida —le replica a la chica joven con un forzado acento castellano.

—La comida ya está puesta.

La anciana termina de recoger la ropa y se adentra en el interior de la casa. Es una casa grande, de una única planta y cuyo interior ha sido adornado con paciencia. Cientos de figuritas pueblan las estanterías. Cuadros al óleo penden de las paredes. Espejos. El único baño está alicatado con azulejos andaluces. Hay tres habitaciones, una de ellas siempre vacía, la del hijo que solo viene de vez en cuando. El padre ni siquiera les visita.

Sobre la mesa ha puesto la chica joven una bandeja grande de arroz y un cucharón para que cada una coja lo que quiera. Una jarra de agua y varias piezas de fruta: dos manzanas y plátanos amarillos y moteados.

Las dos mujeres comen una a cada lado de la mesa. Se sonríen. De vez en cuando algún coche pasa por la carretera próxima. La mujer mayor levanta la mirada y observa a través de una ventana enrejada.

—Tranquila, mamá —le dice la chica joven—. No es nadie.

Vilamarí apenas tiene cincuenta habitantes, o incluso menos. Los jóvenes se fueron a trabajar a Girona o a la costa y los viejos salen de sus casas solo para pasear por los senderos que llevan hasta la ermita. El único médico del pueblo nunca visita a la familia, no le necesitan. La joven nunca enferma y la mayor hace trece años que no coge nada, ni un resfriado, ni un achaque.

—Tiene usted una salud de hierro —le dijo el médico a la mujer un día que se la cruzó en la ermita.

—Fuerte que es una —replicó a falta de mejor respuesta.

En la casa no hay teléfono, se comunican con un móvil que tiene la joven. De vez en cuando alguien les llama desde Barcelona. Es Pere Artigas. Les pregunta cómo va todo y la mujer mayor, cuando habla a solas con él, le interroga:

—¿Hasta cuándo, Pere?

—Ya falta poco, mujer. Ya falta poco. Unos años más y ya nadie la buscará.

Luego la mujer mira a su hija y una lágrima le asoma por el rabillo del ojo. La sangre la mantiene sana pero no la despoja de los sentimientos.

25

El sábado 20 de agosto de 2009 amaneció un día espléndido en la capital catalana. Barcelona se desperezaba de un verano caluroso y las últimas lluvias habían refrescado sus calles. Los habitantes se iban preparando poco a poco para la llegada del invierno y los supermercados se llenaban de clientes haciendo las compras. Moisés Guzmán estaba en el interior de la habitación de la pensión Tordera y sonó la puerta con tres golpes de nudillo. No respondió y procuró no hacer ruido, fuese quien fuese no iba a abrir.

La puerta no tenía mirilla y no había forma posible de saber quién llamaba. Quien estaba al otro lado de la puerta hizo ademán de girar el pomo, pero Moisés tuvo buen cuidado de cerrar con llave la noche anterior. Tenía que leer el libro de Edelmiro Fraguas, *Muerte en Acobamba*, y no podía atender a nadie. En el móvil que dejó sobre la mesa, al lado del ordenador, había dos llamadas perdidas: una de Yonatan y la otra del doctor Mezquita. Las borró de la pantalla y no activó el sonido. No era el mejor día para hablar con nadie. Fuese quien fuese el desconocido que estaba en el pasillo de la pensión no desistía y aporreó dos veces más.

—Abre por favor —dijo una voz de mujer—. Soy yo.

Era la chica sudamericana. Moisés aún no sabía su nombre y supuso que ella no sabía el suyo. Se acordó de que le dijo que la primera vez no cobraba, así que supuso que vendría a por una segunda vez..., y a cobrar.

La puerta volvió a sonar.

—Cariño, abre —se oyó.

Ese «cariño» no le gustó nada a Moisés. Ella hablaba como si ya fuesen novios. Esperó unos minutos hasta que oyó que se marchaba y abría la puerta de la habitación de al lado, donde se alojaba.

Moisés bebió un poco de agua del grifo y se sentó frente a la mesa de madera de la habitación. Abrió el ordenador para tener una hoja de texto abierta donde escribir y empezó a leer el libro *Muerte en Acobamba*. Ahí estaba el misterio de los asesinatos después de cincuenta días. Se dio cuenta de que por primera vez había utilizado la palabra asesinato, cuando generalmente decía muerte en cincuenta días.

El libro comenzaba con una presentación de los personajes. Había doce asesinos y los equiparaba con el número de los apóstoles. Hacía además una comparación a través de la historia de la importancia del número 12. Una serie de fechas de acontecimientos históricos donde el doce estaba presente. Una apología del doce: apóstoles, anterior al trece, mala suerte, los meses del año, doce tribus de Israel, doce puertas de Jerusalén... Luego relacionaba el nombre de los doce asesinos y los atributos de cada uno. Expertos en el manejo de armas y las formas más atroces de matar a una persona. Tras la tercera hoja comenzaba la historia. Era un relato ameno en unas ocasiones y redundante en otras. Como novela no tenía mayor importancia. A Moisés le pareció un libro de bolsillo para leer mientras se viaja en el metro o mientras se espera en la consulta del médico.

Al mediodía ya llevaba leída la mitad del libro y aún no había tomado un solo apunte que fuese de interés. Hasta ahora no había leído nada interesante o que relacionara los crímenes de los tres investigadores antecesores suyos con la muerte a los cincuenta días.

Dejó el libro sobre la mesa y salió a la calle con la intención de ir a comer al restaurante Alba de la avenida Diagonal. Ni siquiera cogió el móvil, que dejó cargando, ya que iba a regresar pronto, nada más terminar de comer.

En el pasillo se encontró de frente con la chica sudamericana.

—¿No me estarás evitando? —le preguntó ella mientras acariciaba el suelo de terrazo con la punta del dedo gordo del pie derecho.

—Hola —saludó Moisés—. ¿Eras tú la que llamabas a la puerta?

—Sí. Quería verte.

—Verás —se excusó—, estoy muy ocupado y...

—¿Ocupado para echar un polvo? —dijo pasándose la lengua por el labio superior.

Ese gesto le pareció a Moisés increíblemente excitante. Tuvo una aparatosa erección.

—¿Ahora? —preguntó.

—Es el mejor momento del día —le dijo la chica—. Por la mañana estamos frescos como lechugas, ¿no te parece?

Él no supo que responder. Miró el reloj y vio que eran las doce y media.

—Vamos —insistió ella—, aún hay tiempo hasta antes de comer.

—¿Cuánto? —preguntó refiriéndose al precio que le costaría hacer el amor con ella.

—Por ser tú la segunda también gratis —le dijo—. Vamos que tengo ganas de comerme eso que te abulta tanto.

Moisés no podía ocultar una ostentosa erección y cuanto más hablaba aquella chica más se le notaba. Se giró y abrió la puerta de la habitación. La chica fue detrás. Él entró primero y antes de que ella entrara le preguntó:

—¿Cómo te llamas?

—Vanesa —le dijo.

—¿Vanesa qué más?

—Vanesa a secas, ¿y tú?

—Moisés a secas.

Los dos entraron en la habitación y él cerró la puerta detrás de ella.

26

Pensó Moisés en invitar a la chica a comer en el restaurante Alba de la avenida Diagonal para agradecerle los servicios prestados, pero después de todo, aquello no era una relación y ella era una puta que se acostaba con hombres por interés; aunque en su caso, hasta la fecha, no había sido así.

—Hasta luego, Moisés —le dijo ella cuando se despidieron en el pasillo de la pensión.

—Hasta luego, Vanesa —respondió él, sin poder apartar la mirada de sus piernas.

Al pasar por el mostrador de recepción estaba el chico joven que sonrió maliciosamente mientras aspiraba el humo de un cigarro. Moisés no le hizo caso y salió a la calle decidido a ir a comer.

En la confluencia de la calle Tordera con la calle Fraternitat había un hombre vestido de oscuro que Moisés recordó haber visto anteriormente en el rellano del piso de la calle Verdi número 45. Es el que identificó como médico del señor Pere Artigas. Era un hombre alto y delgado, muy musculado y con una mirada altiva y penetrante al mismo tiempo. Cuando Moisés reparó en él se percató de que sus ojos lo habían esquivado justo en el momento que él lo miraba. En su mano derecha sostenía un teléfono móvil e hizo el ademán de hablar con alguien; aunque pensó el policía que fue más un disimulo que otra cosa. A raíz de eso cambió Moisés de dirección y siguió caminando hasta la calle del Progreso, donde torció en dirección a la avenida Diagonal. Allí se paró un rato esperando a ver si ese hombre le seguía, pero no fue así.

Delante del restaurante Alba de la Diagonal había parado un coche de los Mossos d'Esquadra. Dos agentes masculinos, perfectamente uniformados y con la gorra puesta, charlaban animadamente observando a los viandantes. A esas horas había bastante gente en la calle que entraba y salía de las tiendas y los restaurantes empezaban a llenarse de clientes. Al pasar por al lado de los agentes, el que parecía estar al mando le solicitó la documentación a Moisés.

—*Bon dia* —dijo llevándose la mano derecha a la gorra—. *Em permet la seva documentació?*

Moisés se sintió contrariado ya que nunca antes le habían pedido la documentación.

—Sí, por supuesto —dijo mientras sacaba la cartera del bolsillo de su pantalón—. Soy compañero.

Los dos agentes se miraron entre sí suspicaces. El que le había solicitado la documentación la cogió y se la dio al otro agente, que se retiró unos metros mientras hablaba por la emisora.

—¿Ocurre algo, agente? —preguntó Moisés.

—Un control rutinario.

Y luego tras dudar un instante insistió:

—Soy policía nacional en Huesca.

—Ah, Huesca. Yo veraneo en Jaca. Todo aquello es muy bonito.

El ambiente se relajó.

—¿Y qué hace un nacional de Huesca por Barcelona?

—Lo mismo que hace usted en Jaca —dijo Moisés sin ser muy convincente—. Veraneo.

—*Eh, tu* —le dijo al otro agente que se había retirado—. *Deixa, no ho passis, és un nacional.*

El otro agente regresó y le entregó la documentación.

—Nos exigen un mínimo de identificados al día —se excusó el agente.

—Entiendo —dijo Moisés—. En Huesca pasa igual, si no se identifica un mínimo de personas al día y se pasan unas cuantas placas es como si no se hubiese trabajado.

Los tres sonrieron.

—Me parece que en todas partes cuecen habas —dijo el más veterano—. *Això es una merda* —añadió sin que Moisés necesitara traducción.

Moisés no entendía de galones de la Policía Autonómica pero vio que las hombreras de aquel agente eran pomposas, por lo que supuso que sería algún mando.

—¿Qué cargo tienes? —dijo Moisés señalando la hombrera.

—*Sotsinspector* —respondió el agente.

—¿Subinspector?

—No exactamente —replicó—. Creo que son distintos, nosotros tenemos menos escalas y un *sotsinspector* es más que un subinspector. —Se rio—. El mismo cura con diferente traje —dijo sin que Moisés entendiera la gracia.

—Bueno, agentes —dijo finalmente Moisés—. Que tengan buen servicio.

—*Bon dia* —repitieron los dos al unísono mientras se llevaban las manos a la gorra para saludar militarmente.

Y cuando Moisés se sentaba en el interior del restaurante vio a través de la enorme cristalera que el extraño hombre de oscuro pasaba delante de la pareja de policías que había en la puerta sin apenas mirarlos. Moisés estuvo tentado de salir tras él y seguirlo, pero algo le dijo que lo volvería a ver en otra ocasión. Y sintió miedo. Mucho miedo.

27

El domingo 23 de agosto de 2009 Moisés se despertó en la habitación de la pensión Tordera. La noche anterior adquirió varios bocadillos fríos en una bocatería del Paseo de Gracia, después de deambular un rato hasta que llegó a la Plaza Cataluña. También compró una lata de refresco y un par de botellas de agua. Pensaba pasar el día dentro de la habitación y aprovechar para leer el libro *Muerte en Acobamba* de Edelmiro Fraguas. Por lo que pudo leer el día anterior, de momento no había nada que relacionara a la banda de los doce asesinos y la muerte en cincuenta días con su investigación. En los siguientes capítulos hablaban de que los sicarios de Acobamba secuestraban por dinero, pero Moisés no tenía constancia de que la pequeña Alexia hubiese sido secuestrada por dinero, ya que si habían matado a sus padres poco rescate iban a pedir los asesinos. A no ser que, pensó, el doctor Eusebio Mezquita Cabrero hubiese sido el encargado de pagar por liberarla. Pero no tenía sentido, ya que en Barcelona mataban a los investigadores y no a los secuestrados.

Conforme leía se daba cuenta de que la historia del libro y su propia historia no tenían relación alguna. El libro era una ficción entretenida, nada más. Ni tan siquiera los nombres o las situaciones tenían parangón.

Por la tarde y siendo las ocho, finalmente terminó de leer el libro. Tuvo una sensación de decepción y algo parecido a una tomadura de pelo. Por más vueltas que le daba no hallaba relación alguna entre el libro y la muerte de los detectives. Pensó que algo se le escapaba.

«Piensa, Moisés, piensa», se dijo mientras paseaba por el interior de la habitación sosteniendo un cigarrillo en la mano.

Abrió la tapa del ordenador portátil y comenzó a repasar, de forma concienzuda, todas las notas extraídas de la biblioteca. Había varios nombres, fechas y lugares. Había dejado de anotar lo de la sangre de la niña y ese era un dato importante. Si el doctor Eusebio Mezquita no le había mentido, la niña tenía en su cuerpo una sangre inmortal, por así decirlo. En su mente comenzó Moisés a tejer la posible trama y dotarla de lógica para entender mejor la situación. Y escribió lo que podía ser una novela.

El 15 de agosto de 1996 alguien sabía que el experimento de los doctores Albert Bonamusa y Eusebio Mezquita había sido un éxito. La sangre de la pequeña Alexia era milagrosa y curaba la mayoría de las enfermedades conocidas. Ese era un buen móvil para matar y secuestrar a la niña.

Unos asesinos, seguramente contratados, acceden al domicilio de los Bonamusa y matan al matrimonio y secuestran a la hija llevándosela fuera de España;

aunque el doctor Mezquita asegura que aún sigue aquí. Moisés se pregunta por qué está tan seguro el doctor de eso.

El matrimonio que hay en el piso de abajo no oye nada esa noche; aunque un informe que no existe de la Guardia Urbana dice que tres meses antes se quejaron del ruido del piano de sus vecinos. Moisés pensó que este era un dato sin importancia ya que no creía que los vecinos de abajo tuvieran nada que ver, solamente eran unos ancianos achacosos y él, Pere Artigas, enviudó a la semana de morir los Bonamusa. Moisés meditó sobre la coincidencia, pero tratándose de una mujer mayor, no era descabellado pensar que hubiese muerto; aunque ignoraba si de muerte natural o de accidente. Pero eso poca importancia tenía en relación con el asesinato de los Bonamusa.

Le quedaban algunos flecos por completar, como era el testimonio de Ricard Bonamusa, el hermano de Albert y tío de Alexia, en paradero desconocido. La conexión entre las muertes de los investigadores después de cincuenta días de excedencia, algo que le podía pasar a él llegada esa fecha, y el rastro de la pequeña Alexia, que ahora tendría, de seguir viva, dieciséis años. Se llamaría de otra forma y su aspecto sería muy distinto, pero según el doctor Mezquita tenía unos fresones rojos en la base de la espalda que la identificarían. Si todo era cierto sería una chica sana que nunca habría visitado un médico, así que no existirían placas, ni radiografías, ni historial en ninguna clínica. Pero, pensó Moisés, a los que estuvieran a su alrededor les ocurriría lo mismo si se inyectaran su sangre. Este último párrafo lo tachó por absurdo, no creyó que fuese tan sencillo adquirir las propiedades de la sangre de Alexia.

Se puso de pie y encendió otro cigarro mientras caminaba por la habitación. Había tantas cosas extrañas en esa investigación que pensó en coger la maleta y regresar a Huesca. Todo era absurdo. Sangre mágica, muertes a cincuenta días, militares, guardias civiles, asesinatos crueles, niña desaparecida. Y ahora él, indagando.

«Esto es una puta mierda», pensó.

En el teléfono móvil aún había las dos llamadas perdidas de la mañana, la de Yonatan y la del doctor Mezquita. Cogió el móvil y apretó el botón de rellamada. En la pantalla vio un teléfono dibujado y el nombre de Yonatan.

—También trabajas en domingo —dijo Yonatan al descolgar—. ¿Cómo estás?

—Un poco liado. Con ganas de volver —replicó Moisés.

—Aquí llueve bastante, pero he visto en las noticias que en Barcelona tenéis buen clima; incluso hace calor.

—Sí, llovió al final de la semana, pero ayer y hoy ha hecho bueno.

—¿Te fue útil lo que te mandé? —dijo refiriéndose a los datos del INSS.

—Perfecto, me ha sido de mucha ayuda.

—Supongo que necesitas algo más, ¿verdad? —preguntó Yonatan, sagaz.

—Así es —corroboró Moisés—. Necesito algún dato más.

—Dispara.

—Mira, quiero que me busques todos los datos que

haya de un tal Ricard Bonamusa, domicilio, teléfono, etcétera. —Esperó a que Yonatan anotara la petición.

—Más.

—Niñas de dieciséis años que se llamen Alexia.

—Uf, debe haber tropecientas mil.

—Me imagino que sí, pero no las quiero todas, sino la cantidad.

—OK. Sigue.

—Todos los datos de una mujer llamada Sonsoles Gayán Mulero, debe tener ochenta años más o menos, y si tiene hijos.

Moisés no le dijo que esa mujer había muerto, quería saber qué encontraba Yonatan sobre ella.

—Venga que me estoy animando.

—Otra cosa, pero esta más difícil.

—Lo que sea. —Chasqueó los labios.

—¿Cómo andamos de coches en el servicio?

—Mal, ya sabes, como siempre. Mucha gente de vacaciones. Hasta septiembre nada.

Moisés calculó que faltaba una semana para que se reincorporaran a su servicio los policías que estaban de vacaciones en agosto.

—Ahora sé que no es posible, pero para septiembre... ¿podrías poner un coche que vigile a alguien de Zaragoza?

Yonatan sonrió; y aunque Moisés no pudo verlo supuso que esa petición le debió de hacer gracia.

—Sabes que eso es imposible.

—Ya —dijo Moisés.

—Vamos, no me jodas.

—Es importante.

—¿Es quien te contrató?

—No me fío de él. Estuve en su casa de Zaragoza y me gustaría saber con quién se junta y qué hace.

—Dame la dirección y veré qué puedo hacer.

Moisés le dijo que vivía en el Paseo Sagasta y le facilitó el número.

—OK, Yoni, te debo una.

—Me debes mil —dijo Yonatan antes de colgar.

28

En la comisaria de los Mossos d'Esquadra de Ciutat Vella había dos agentes sentados en una de las salas de la primera planta. Uno de ellos había sido destinado, hacía poco tiempo, en Barcelona, y provenía de un destacamento de Girona. El otro, el más mayor, había pertenecido a la Guardia Civil durante quince años e hizo las pruebas de ingreso en los Mossos, aprobando el examen de catalán sin problemas, ya que en los quince años que llevaba residiendo en Cataluña se había esforzado en aprender el idioma y lo hablaba fluidamente. Los dos, ambos sargentos, repasaban una serie de informes acerca de un caso ocurrido en la ciudad de Barcelona hacía ya trece años. Se conocían antes de entrar en el cuerpo. El más joven fue policía local en la localidad de Caldes d'Estrac, mientras que el otro estuvo destinado en el cuartel de la Guardia Civil de Arenys de Mar. La poca distancia entre los dos pueblos hizo que coincidieran en más de una ocasión en distintos servicios y entre los dos se fraguó una próspera amistad. Años más tarde, el guardia civil entró en los Mossos d'Esquadra y el policía local hizo lo mismo. Y ahora los dos formaban un buen tándem en la comisaría de Ciutat Vella.

—¿Qué te parece? —le preguntó Juan García a José Gimeno mientras señalaba con el dedo una serie de fotografías que habían desplegado sobre una mesa.

El joven agente, más inexperto que su amigo, echó un amplio vistazo al grupo de imágenes repartidas en la mesa. Se habían tomado hacía trece años y en esa época las fotografías de la policía científica eran en blanco y negro, lo que les confería un aspecto realmente espeluznante. Un matrimonio de doctores de la Ciudad Condal fue asesinado en su piso de la calle Verdi. Inicialmente se hizo cargo de la investigación el grupo de homicidios de la Policía Nacional, pero el hecho de que los asesinados fuesen unos notables de Barcelona hizo que la Generalitat luchara para que fuesen los Mossos d'Esquadra los que se hicieran cargo finalmente. Los primeros a los que se les encargó el asunto se echaron las manos a la cabeza, pues aunque disponían de medios modernos no sabían manejarlos. De qué les servía tener las mejores máquinas en análisis de pruebas si no sabían cómo funcionaban.

—Me parece que se hizo una auténtica escabechina —respondió José Gimeno sin dejar de mirar las fotografías.

Los dos habían iniciado, por su cuenta, una investigación paralela tendente a esclarecer qué ocurrió en ese piso de la calle Verdi el 15 de agosto de 1996. El asesinato coincidió con el traspaso de competencias entre Policía Nacional y Mossos d'Esquadra, una pujante necesidad de destacar por parte de la Guardia Urbana y los últimos coletazos de la Guardia Civil de Cataluña, que se afanaba en no perder el protagonismo. Además hubo una serie de tropiezos judiciales que entorpecieron el avance en las primeras investigaciones. La Guardia Civil solicitó la intervención del teléfono del doctor Mezquita, amigo del matrimonio asesinado y del vecino del piso de abajo, Pere Artigas. Era un proceder habitual que cuando se producía un crimen tan atroz se interviniesen diversos teléfonos que pudieran tener relación con el caso. Pero el Juez de Guardia denegó esas intervenciones a la Guardia Civil argumentando que no era competente, ya que al haberse cometido el crimen dentro de la ciudad debía ser la Policía Nacional la que solicitase los pinchazos telefónicos. Los Mossos d'Esquadra sí que podían solicitar la intervención, pero no disponían de personal cualificado para hacer un seguimiento de las llamadas, ya que la infraestructura necesaria requería que se transcribieran y se informara puntualmente al juez de los avances en la investigación. Finalmente se solicitó la mediación del Gobernador Civil, pero su cargo estaba a punto de desaparecer ya que el año siguiente, en abril de 1997, el Gobernador pasaba a ser Subdelegado del Gobierno dependiente del Delegado y por cuestiones políticas no quiso involucrarse y no se pronunció en ese asunto para no cometer errores graves cuando el tránsito de competencias estaba en curso. El doctor Bonamusa y el doctor Mezquita habían estado trabajando en unos experimentos que costeó la Generalitat referentes al avance del cáncer y a las posibles curas del mismo. Pero el dinero aportado fue retirado cuando después de un año no habían avanzado, aparentemente, nada.

—La hija de los Bonamusa estaba enferma —dijo Juan García, sin dejar de leer un manojo de folios que sostenía en su mano.

José Gimeno comenzó a recoger las fotos de los cuerpos del matrimonio y las metió dentro de una carpeta donde había otros papeles.

—Tenía tan solo tres años y los médicos no le dieron muchas expectativas de vida —siguió diciendo Juan—. ¿Quién querría secuestrar a una niña que estaba a punto de morir?

José Gimeno, más joven e impulsivo, dijo:

—Alguien que quisiera ayudarla.

Los dos agentes sabían que si los secuestradores conocían la enfermedad de la niña no tenía ningún sentido que se la hubiesen llevado para venderla, como en un principio se dijo, fuera de España. Ella no valía nada. Todo el asunto era un rompecabezas de retazos repartidos por diferentes cuerpos de seguridad y otras tantas comisarías.

—Veamos —dijo el veterano Juan García—. Quién, cómo y por qué.

—¿Quién qué? —preguntó José Gimeno.

—Sí, José. Tenemos que hacernos las preguntas para llegar a las respuestas. ¿Quién mató al matrimonio y se llevó a la niña? ¿Cómo llevó a cabo el crimen y el secuestro? Y lo más importante... ¿por qué?

El agente más joven y que había sido policía local en Caldes d'Estrac, más pragmático que Juan García, dijo:

—Y qué más da, Juan. Eso pasó hace trece años y las pistas se han desvanecido.

—Sí —insistió Juan García—. Ya hace trece años que murieron los Bonamusa y ya no hay activo casi ningún agente de los que trabajó en el caso, pero la niña sigue sin aparecer.

—Estará muerta.

—O viva en algún sitio.

—Igual no está en España y ni siquiera ella sabe que fue secuestrada.

—Exacto —dijo Juan García—. La niña tendrá ahora dieciséis años y está en algún sitio, seguramente con una familia, viviendo ajena a lo que les ocurrió a sus padres hace trece años.

—Y si está viva y feliz —cuestionó José Gimeno—, que más nos da a nosotros. No has pensado que averiguando lo que ocurrió quizá la estemos perjudicando. Imagina por un momento que esa chica está viviendo en el seno de una familia que la quiere, ajena a todo lo que ocurrió.

—Ya sé a donde quieres ir a parar —interrumpió Juan García.

—Sí, sí, pero escucha, después de trece años llega alguien y le dice a la niña: «Oye, guapa, mira, esos son unos asesinos y mataron a tus padres o te compraron por cuatro duros o...»

—Te he entendido —se ofendió Juan García—. Pero... ¿y saber la verdad no es más importante?

—¿Es más importante saber la verdad que el dolor de la niña?

Los dos se tranquilizaron.

—Bueno —dijo finalmente Juan García—. Después de todo es harto difícil saber qué pasó ese fatídico quince de agosto de 1996 y dónde para esa niña.

—De todas formas —dijo José Gimeno, que quiso agradar a su amigo—, si la niña estuvo ingresada en la clínica seguramente tendrán muestras de ADN y se pueden cotejar con cualquier chica de dieciséis años que dé el perfil.

—Creo —sucumbió José García a la evidencia— que en 1996 aún no se recogían muestras de ADN.

Y tras recoger la carpeta con las fotos del crimen y un grupo de folios con datos inconexos, los dos salieron a la Rambla de Cataluña a tomar un café.

29

El lunes 24 de agosto de 2009 Moisés Guzmán entró en la biblioteca de la Diagonal con su ordenador portátil debajo del brazo y la copia del libro de Edelmiro Fraguas. Necesitaba averiguar qué relación tenían esas muertes de cincuenta días con las muertes de los investigadores contratados antes que él y por qué el señor Mezquita le dijo que tenía cincuenta días para encontrar a la pequeña Alexia. Se estaba obsesionando con eso.

Como llegó pronto a la biblioteca apenas había nadie. Un grupo de ancianos que leían la prensa y dos chicas jóvenes que compartían unos apuntes. Moisés dejó el ordenador en el mismo sitio donde había estado la última vez y lo abrió conectándolo de inmediato a la red Wi-Fi. El navegador comenzó a parpadear y en unos instantes estuvo a punto para iniciar la búsqueda. Escribió:

«¿Por qué tienen que pasar cincuenta días para matar a alguien?»

Google pensó un rato y en dos segundos se abrieron

varios resultados. No había entrecomillado la búsqueda y fueron varias las opciones. Fue mirando las veinte primeras, pero ninguna le dijo nada. El libro *Muerte en Acobamba* tampoco explicaba por qué los sicarios mataban a los secuestrados tras pasar cincuenta días. Qué sentido tenía esperar ese tiempo.

Moisés cogió un folio en blanco y empezó a escribir el número cincuenta de diferentes formas. Primero separado: cinco y cero. Luego hizo una serie de operaciones con él: lo dividió por otros números, lo multiplicó, lo invirtió. Buscó en Google la cábala de ese número y tras leer el resultado se quedó igual: «El número 50 es el número de las puertas de Binah, es decir, del entendimiento. En el lenguaje de los cabalistas aconseja desconfianza. En griego se lo identifica con Nu, que en árabe es Nun y en hebreo también Nun, equivalente a nuestra N. Los neopitagóricos lo identificaron con el nihilismo, oponiéndolo al 5, que significa la aspiración al acontecimiento. Para los cristianos es el número con que se identifica al Espíritu Santo.»

Enfrascado estaba Moisés Guzmán con el número cincuenta, cuando entró en la biblioteca el pederasta. Se sentó en el sitio más alejado de la entrada, como hacía siempre, y de inmediato abrió su ordenador. Moisés lo miró con cuidado para que él no se percatara. Era un hombre repugnante, masticaba chicle con la boca abierta haciendo un ruido espantoso y a pesar de la buena climatización de la biblioteca su frente no dejaba de sudar. La camisa se le empapaba y de vez en cuando se llevaba la mano izquierda a la bragueta, como si estuviera tocándose. Era realmente nauseabundo.

Desde el lugar donde se había sentado era imposible mirar la pantalla de su ordenador. Además aquel hombre no se levantaba en ningún momento. Detrás de él había una estantería de libros de gramática castellana y catalana y diccionarios que nadie consultaba. Los estudiantes preferían utilizar internet para hacer sus búsquedas, era más rápido y más actualizado.

A Moisés se le ocurrió un plan para averiguar si aquel hombre era realmente un pederasta. Y lo puso en práctica.

Se levantó de su sitio y se fue a la estantería que había detrás del pederasta. Al pasar se fijó en el ordenador y en la pantalla había la misma imagen de siempre, dieciséis catedrales en idéntica posición. Moisés ojeó un libro al azar de la estantería durante un minuto aproximadamente y cuando terminó lo volvió a dejar en su sitio. Al lado del libro, en la parte más profunda de la estantería y lejos de la vista dejó su teléfono móvil al revés con la cámara activada. Calculó la posición del mismo para estar seguro de que enfocaría al ordenador del pederasta. La memoria del móvil tenía capacidad suficiente como para almacenar un vídeo de varios minutos. Lo necesario para averiguar qué es lo que miraba ese tío cada día en la biblioteca, pensó Moisés.

Después de eso Moisés caminó hasta su asiento y siguió repasando las notas del número cincuenta y la posible combinación matemática. Tampoco prestó mucha atención a las operaciones, ya que se planteó como tiempo límite cinco minutos para ir a recoger el teléfono móvil y visionar el vídeo y así saber qué miraba el pederasta.

A su lado se sentaron tres chicas jóvenes, muy atractivas, que abrieron varios libros sobre la mesa y comenzaron a repasar sus apuntes. Moisés las miró y ellas sonrieron mientras de vez en cuando intercambiaban alguna palabra en catalán. Enfrascado como estaba le dio por pensar qué pasaría si alguien le llamaba, no había pensado en eso. El teléfono móvil que había dejado en la estantería trasera del pederasta lo delataría. Cruzó los dedos y rezó; aunque nunca lo hacía, para que nadie le llamara durante los próximos cinco minutos.

Pasado el tiempo se levantó y fue de nuevo a la estantería donde estaba el pederasta. Al pasar por detrás se fijó en que seguía mirando las mismas catedrales. Iluso, se dijo, no sabe que lo estoy espiando. Cogió el móvil con cautela y regresó a su asiento. Allí cerró el ordenador portátil, recogió el libro de Edelmiro Fraguas y se fue al servicio de la biblioteca, no podía esperar más a visionar el vídeo.

Se metió en el váter y cerró por dentro. En unos segundos buscó el último vídeo grabado y se dispuso a verlo. Efectivamente era lo que él pensaba. Nada más irse de la estantería, el pederasta minimizaba la foto de las dieciséis catedrales y visionaba lo que parecía una página web conteniendo fotos de niños menores desnudos. La imagen se veía con dificultad ya que la distancia entre el móvil y el ordenador era insuficiente para obtener una buena grabación, pero aun así se visionaba con claridad. Entre las fotos había imágenes de sexo explícito. Vio cómo con el botón derecho del ratón le daba a la opción *guardar* y las imágenes las almacenaba en el ordenador. Eso lo incriminaría, ya que si en ese momento le intervinieran el ordenador habría pruebas suficientes como para imputarle un delito de corrupción de menores como mínimo.

Pero Moisés no estaba en Huesca, ni en su comisaría, allí habría llamado a una patrulla de la policía nacional y tras explicarle lo que sabía hubieran intervenido el ordenador y detenido a ese tío. Pero estaba en Barcelona, en una ciudad extraña para él y con una policía a la que desconocía. Recapacitó sobre eso y se dijo que no tenía por qué ser distinto, después de todo el código penal era el mismo para todo el estado español. Pensó que quizá los Mossos d'Esquadra podrían sentirse molestos si los llamaba para denunciar un delito que les correspondía a ellos investigar, algo así como una invasión de competencias.

Salió a la calle con el ordenador debajo del brazo y el libro de Edelmiro Fraguas. A él, pensó, no tenía que importarle que un pederasta almacenara fotografías de menores en su ordenador. Tenía que centrarse en la investigación para la que fue contratado y averiguar dónde estaba Alexia y cuidar de su propia vida, ya que el 29 de septiembre se cumplirían cincuenta días desde que solicitó la excedencia. El día de su muerte.

Cuando cruzó la avenida Diagonal para ir a comer al restaurante Alba, vio a la patrulla de los Mossos d'Esquadra que el sábado lo habían identificado ante el restaurante. Eran los dos mismos agentes. Se acercó hasta ellos sin dudarlo y tras saludar cortésmente les dijo lo que había pasado en el interior de la biblioteca y las pruebas que tenía para incriminar al pederasta.

Esperó Moisés una reacción adversa por parte de los agentes. Pero todo lo contrario, se interesaron mucho y de inmediato se adentraron los dos, después de ver el vídeo en su teléfono móvil, en la biblioteca y procedieron a la detención del pederasta y a la intervención de su ordenador. Y le emplazaron a Moisés para que pasara por la comisaría de Ciutat Vella esa misma tarde para tomarle una declaración como agente de policía. Moisés se sintió satisfecho con la cooperación entre ambos cuerpos policiales.

30

Ese mismo lunes 24 de agosto de 2009 y siendo mediodía, Moisés salía del restaurante Alba de la Diagonal después de haber comido un suculento menú. Durante la comida estuvo pensando en lo bien que se portaron los Mossos d'Esquadra cuando detuvieron al pederasta. Le dijeron que pasara sobre las seis de la tarde por la comisaría de Ciutat Vella para declarar sobre lo sucedido y así realizar el atestado policial de la detención de aquel pervertido. Los agentes de la Policía Autonómica lo felicitaron y le dijeron que había sido un servicio brillante, al mismo tiempo que alabaron el ingenio de colocar su teléfono móvil en la estantería y grabar lo que aquel hombre estaba viendo, pero le advirtieron que eso no debía constar en diligencias, ya que seguramente el juez lo rechazaría como prueba. Lo mejor es que dijese que al pasar por detrás había visto en el ordenador del pederasta las fotos de los niños, y el propio ordenador portátil era prueba suficiente como para condenarlo.

Una vez en la Diagonal, Moisés calculó que era tarde para ir a la pensión a ducharse y pensó en dar una vuelta por el Paseo de Gracia para hacer tiempo hasta que fuesen las seis de la tarde e ir a declarar a Ciutat Vella. En la confluencia de la calle Mallorca recibió una llamada en su móvil. Era el doctor Mezquita. A esa hora había mucho transito en la calle y el ruido le dificultaba hablar con tranquilidad, así que se metió en unas galerías comerciales.

—Hola, señor Mezquita —dijo al descolgar.

—Señor Guzmán —replicó él—. Se me hace difícil localizarlo.

—Estoy bastante ocupado —se excusó.

—Ya me imagino. Le llamaba para saber de usted y cómo iba la investigación.

—He hecho algunos avances —dijo distante.

—Eso está bien. Cuando le contraté supuse que era usted muy bueno en su trabajo.

Moisés desconfió de las palabras del doctor y supo que no debía darle muchas explicaciones sobre lo que estaba haciendo.

—Aún no sé dónde está la niña, si es lo que quiere saber.

—Ya me lo figuro —dijo el doctor—. Si no me habría llamado... ¿verdad?

En su tono detectó Moisés un aire de desconfianza. En ese sentido había reciprocidad. Moisés quiso centrarse en lo único que aún no sabía, en las muertes a cincuenta días.

—He estado investigando a los detectives que contrató antes que a mí —dijo poniendo toda la carne en el asador.

—Vaya, no quería que se distrajera con ese tema.

—Sí, pero ellos murieron...

—Por accidente —le interrumpió el doctor—. Murieron por accidente.

—¿No le parece mucha casualidad que murieran relativamente poco después de pedir la excedencia de sus respectivos cargos?

Moisés omitió lo de los cincuenta días, pensando que el doctor no lo sabría.

—¿Ha leído usted, señor Guzmán, algún tratado sobre la casualidad?

Moisés no entendió la pregunta.

—¿A qué se refiere?

—A que la casualidad existe —dijo—. Las muertes de esos hombres son hechos casuales, nada más. No hay ninguna conexión que nos haga pensar que esas muertes han sido deliberadas.

—Sí, pero los tres murieron... —pensó Moisés muy bien lo que iba a decir—, cincuenta días después de solicitar la excedencia.

El doctor Mezquita se silenció unos instantes.

—Doctor, ¿sigue usted ahí?

—Sí, sí, veo que es muy perspicaz y ha hecho los deberes —dijo.

Moisés intuyó que él ya sabía lo de la muerte a cincuenta días.

—Los tres murieron después de cincuenta días justos, ¿eso es mucha casualidad, verdad?

—Mire, señor Guzmán, no sé qué relación tiene eso con el asesinato de los Bonamusa y la desaparición de Alexia, pero el último investigador, Genaro Buendía Félez, ya me vino con esa cantinela. Él también hizo los cálculos de los dos anteriores y temió por su vida.

—Fue lo que pasó al final. Murió atropellado en la calle Verdi justo cuando se cumplía el plazo.

—Hay varios tratados médicos muy interesantes acerca de las proyecciones de la mente —dijo el doctor—. Cuando uno piensa que va a tener dolor de cabeza, termina teniendo dolor de cabeza.

Moisés no pudo hacer otra cosa que sonreír. La argumentación que le estaba dando el doctor Mezquita era más bien un chiste que otra cosa.

—Insinúa que murieron porque pensaban en morirse —dijo imprimiendo a su voz toda la ironía de la que fue capaz—. ¿Y el primero, el guardia civil de Canet de Mar?

—Bien, veo que no vamos a llegar a un acuerdo y no voy a convencerle —dijo el doctor Mezquita—. Para ser franco no sé por qué mueren a los cincuenta días y si usted está en peligro, pero por su forma de hablar intuyo que le obsesiona más eso que hallar a la niña desaparecida. En cualquier caso al último investigador le ocurrió lo mismo. Si tanto miedo tiene, haga su trabajo y el día cuarenta y nueve regrese a Huesca.

Moisés se ofendió ya que se sintió tratado como un tonto.

—Me lo podría haber dicho antes de contratarme.

—No sea ingenuo —rebatió el doctor—. ¿Se imagina que me presento en su oficina de denuncias de Huesca y le digo: hola, quiere trabajar en un caso que ocurrió hace trece años y cuyos tres investigadores anteriores han muerto todos por accidente después de cincuenta días de ser contratados?

—Está bien —se conformó Moisés.

Pensó en decirle lo del libro de Edelmiro Fraguas, pero optó por callar, aún ignoraba hasta qué punto podía confiar en el doctor Mezquita.

—¿Qué me dice? —preguntó el doctor.

Moisés no sabía qué le preguntaba.

—¿Qué le digo acerca de qué?

—Si va a seguir con la investigación o no.

—Sí, por supuesto. Aunque hay varias cosas que aún no comprendo. El inspector encargado del caso no me ha sido de mucha ayuda.

—Ah, ya, el viejo Pedro Salgado.

—¿Lo conoce?

—Por supuesto, fue él el encargado de la investigación. Figúrese, hasta me estuvo investigando a mí.

Moisés vio que el doctor no mentía en eso.

—Ha pasado mucho tiempo y apenas hay expedientes sobre el caso.

—En 1996 empezaba el traspaso de competencias entre Guardia Civil, Policía Nacional y Mossos d'Esquadra y los dos primeros estaban muy quemados con eso, por lo que las investigaciones de esa época se hicieron a desgana. El inspector Pedro Salgado lo hizo lo peor que pudo.

Moisés supo que era cierto porque ya había conocido al inspector y seguía estando molesto por el despliegue de la Policía Autonómica.

—Uno por otro la casa sin barrer —dijo finalmente el doctor Mezquita—. Y la niña sigue desaparecida.

—Las cosas no son fáciles aquí —dijo Moisés—. Esta tarde tengo que comparecer en los Mossos d'Esquadra.

El doctor se alarmó.

—¿Los Mossos? —preguntó—. No los meta en esto.

Moisés no entendió la negativa del doctor a que los Mossos participaran en la investigación y lo tranquilizó diciéndole la verdad.

—Ellos no saben nada. Es por otro asunto.

—¿Otro asunto?

—Bueno, sí, mientras estaba en la biblioteca he visto a un hombre que descargaba fotos de niños en su ordenador y lo he denunciado.

—Siempre alerta, ¿verdad? —dijo el doctor—. Policía las veinticuatro horas del día.

Moisés sonrió, pero no dijo nada.

—Le voy a doblar el sueldo inicial —dijo el doctor.

—No es por dinero.

—Si no es por eso..., no le pago nada. —El doctor soltó una estruendosa risotada.

—No se preocupe. Voy a seguir investigando un par de semanas más y ya le diré hasta dónde he llegado.

—Bueno, no le llamaré más. Si lo desea se pone usted en contacto conmigo —le dijo finalmente el doctor.

Los dos cortaron la llamada al mismo tiempo y Moisés se dirigió hacia la comisaría de los Mossos d'Esquadra a comparecer por el asunto del pederasta.

31

A las seis de la tarde entraba Moisés en la comisaría de los Mossos d'Esquadra de Ciutat Vella. En la calle había mucha gente circulando y antes de llegar pasó por la puerta del Bagdad Café, un espectáculo de sexo en vivo. Se entretuvo unos minutos en la puerta viendo la cartelera y le pareció de lo más atrevido, desde luego en Huesca no había ese tipo de locales.

Al llegar a Ciutat Vella el agente de seguridad de la comisaría le solicitó el documento y apuntó sus datos en un formulario. Luego le entregó una tarjeta y le dijo que se la colocara en un lugar visible.

Moisés se sentó en una sala de espera que estaba vacía y no esperó más de dos minutos hasta que llegó un agente bastante mayor y que se presentó como Juan García. A Moisés le chocó el apellido tan poco catalán que tenía, pero el agente, que ya sabía que él era policía nacional en Huesca, le dijo que antes de ser mosso había sido guardia civil.

—Ya me han contado los compañeros de la mañana su brillante intervención —le dijo.

Evidentemente trabajaban a turnos y los policías de la tarde eran otros distintos.

—Fue una casualidad, la verdad. —Moisés quiso parecer modesto.

—Sí, lo tenemos entre rejas. Mi compañero y yo llevamos un rato visionando las fotos del ordenador de ese hijo de puta y la verdad es que no tienen desperdicio. Es solo la punta del iceberg —dijo.

—Ya lo llevaba observando varios días y desde el principio intuí que no era trigo limpio.

—Pues hasta ahora hemos sacado vídeos y fotos, y no solo descargaba sino que también distribuía. Estamos peinando sus contactos y en unos días vamos a practicar más detenciones.

Moisés se alegró.

—En cuanto terminemos con su declaración traspasaremos el atestado a la Brigada de Delitos Tecnológicos para que continúen las gestiones.

Los dos agentes pasaron por un largo pasillo y llegaron hasta una sala amplia donde había varios ordenadores y otro agente más joven sentado. Hicieron las presentaciones.

—Un compañero de Huesca —dijo—. No te importa que te tutee, ¿verdad?

—Por favor.

—Es un compañero de la Policía Nacional —le presentó—. Este es José Gimeno, un policía local de Caldes d'Estrac.

—Tú eras guardia civil, ¿verdad? —le preguntó Moisés.

—Sí. Cuando el despliegue reservaron unas cuantas

plazas para la Guardia Civil, sobre todo tráfico, y para la Policía Nacional.

—¿Os pusieron trabas para entrar? —curioseó Moisés.

—¡Bah! Un examen sencillo y una prueba de catalán, pero poco complicada. Ya ves —dijo riendo—, hasta ese la ha pasado —se refirió a José Gimeno, que puso cara de circunstancia.

—García y Gimeno no son apellidos muy catalanes —dijo Moisés en un tono que no sonó a pregunta ni afirmación.

—Aquí es lo de menos. Lo importante es que hagamos una buena labor entre todos. En los Mossos d'Esquadra hay muchos profesionales con ganas de hacer cosas.

—Como vosotros —dijo Moisés cortésmente.

—Eso, como nosotros —replicó José Gimeno.

Este se sentó ante un ordenador y le solicitó algunos datos a Moisés Guzmán para hacer la comparecencia de la detención del pederasta.

—Vamos a omitir lo de la grabación de la cámara del teléfono móvil —dijo.

Moisés asintió.

—Estoy de acuerdo.

—Ya sabes que a los jueces no les gustan esas chuminadas —dijo riendo Juan García.

El ex policía local escribía con una rapidez espantosa. Mientras lo hacía leía en voz alta lo que iba poniendo. Relató cómo Moisés Guzmán había entrado en la biblioteca de la avenida Diagonal y al pasar detrás del detenido vio que el monitor de su ordenador mostraba varias fotografías de niños menores de edad teniendo sexo con adultos. Y ante la evidencia de que se estaba cometiendo un hecho punible fue por lo que lo puso en conocimiento de la Policía Autonómica, que se hizo cargo de la investigación.

Después de leerlo en voz alta, el agente más veterano le preguntó:

—¿Qué te parece compañero?

—Perfecto —dijo.

—Te daremos una copia para que la entregues en tu comisaría.

—No es necesario.

—Claro, hombre. Con esto te tienen que dar una medalla.

Moisés se rio.

—O dos —dijo—. Una por tonto y otra por si la pierdo.

—Hay que premiar a los que trabajan —argumentó Juan García.

—Pues será en los Mossos d'Esquadra —objetó Moisés—, porque en la Policía Nacional dan las medallas a los amigos de los jefes.

—¿Tú no tienes ninguna? —preguntó José Gimeno.

—No, porque no soy amigo de los jefes.

Los tres se rieron estruendosamente.

Después de eso bajaron hasta la cafetería que había en la entrada y tomaron un café mientras se fumaban un cigarro.

—Dicen que el gobierno quiere prohibir que se pueda fumar en los sitios cerrados —dijo Juan García.

—Así nos va —objetó Moisés. Aunque dado que

estaba en una comisaría diferente a la suya, prefirió no hacer comentarios políticos; percibiendo que el sentir general era común a todos los cuerpos policiales.

—¿Y qué te trae por Barcelona, compañero? —preguntó el ex guardia civil.

—He venido a investigar —se sinceró.

Los dos Mossos se miraron.

—¿Investigar?

Supuso Moisés que quizá se sentirían molestos por aquello de la invasión de competencias. Pero dado que uno había sido guardia civil y el otro policía local, entenderían su postura.

—Un médico de Zaragoza me ha contratado para que averigüe un asesinato que se produjo en Barcelona en el año 1996.

Los dos Mossos cruzaron unas intensas miradas entre ellos y García sonrió.

—¿No será la muerte de los Bonamusa?

Moisés se sonrojó.

—¿Cómo sabes eso?

—Pues porque mi compañero y yo hemos hablado hace poco de retomar el caso.

32

Moisés llegó a la habitación de la pensión Tordera siendo ya de noche. Cuando entró vio en recepción al hombre mayor, que ni siquiera levantó la vista para saludar. Era un maleducado. Subió las escaleras y esperó cruzarse en el pasillo con Vanesa. Pero no fue así. De haberlo hecho se la hubiera metido en la cama sin pensárselo dos veces. Los acontecimientos de ese lunes lo habían puesto eufórico y un polvo con la sudamericana lo hubiera tranquilizado. Estuvo tentado de llamar a la puerta de al lado, pero antes de golpear con los nudillos se guardó la mano en el bolsillo y se metió en su habitación. Dejó el ordenador y el libro de Edelmiro Fraguas sobre la mesa de madera y anotó los móviles de los mossos d'esquadra Juan García y José Gimeno en la agenda de su teléfono; intuía que más adelante los iba a necesitar.

Se desvistió y se metió en la ducha. Había estado todo el día danzando de un lado para otro y el calor de agosto le hizo sudar tanto que hasta le dolían las ingles del roce con el pantalón. Mientras se refrescaba bajo el agua pensó en lo útil que podía ser trabajar codo con codo con los dos agentes de la Policía Autonómica. Entre todos podían avanzar mucho en la investigación. Además supuso que era necesario llevarse bien con ellos ya que eso le facilitaría mucho las cosas. Le ilusionó saber que después de todo había alguien más interesado en resolver el crimen.

Mientras estaba en la ducha escuchó la melodía de su teléfono móvil y pensó que fuese quien fuese volvería a llamar después. No pudo evitar acordarse de la película el cartero siempre llama dos veces.

Al salir, y una vez seco, se puso un pijama consistente en un pantalón de tela y una camiseta medio rota con la que se sentía cómodo. Cogió el móvil y vio una llamada perdida de Yonatan. Ya tendría los datos que le pidió. Le dio al botón de rellamada.

—¿Qué pasa, señor? —le dijo Yonatan nada más descolgar.

—Me has pillado en la ducha.

—¿En la ducha? Seguro que estarías tirándote a alguna catalana.

Pensó Moisés que Yonatan no se podía imaginar a quién se había estado tirando, pero no iba a ahondar en esos detalles.

—¿Sabes algo?

—¿Algo? Sé todo.

Moisés se ilusionó.

—Dispara —le dijo usando una frase típica de Yonatan.

—De Ricard Bonamusa sé que ya no vive en Barcelona. Reside desde hace diez años en Ávila, donde tiene una empresa de suministros eléctricos. Nada de antecedentes policiales, ni siquiera multas de tráfico. He conseguido su teléfono móvil por si te interesa.

—Dámelo.

Moisés lo anotó en un folio.

—De niñas que se llamen Alexia y tengan dieciséis años hay setenta y seis mil cuatrocientas veinte.

—Uf, muchas.

—Para entrevistarlas a todas sí. —Yonatan rio.

—De Sonsoles Gayán Mulero he sabido que está viva ya que hace tres años renovó el carné de identidad en la comisaría de Girona.

—¿Viva?

—Al menos eso dicen los archivos del DNI.

Moisés cuadró los datos en su cabeza. ¿De dónde había sacado él que estaba muerta? Lo intuyó cuando habló con su marido Pere Artigas, pero él no le dijo nada, ¿o sí? No lo recordaba exactamente. Igual se habían separado y por eso no vivía en el piso de la calle Verdi. Intentó recordar si había leído algo en algún informe, pero lo que hasta la fecha era una obviedad se transformó en una duda.

—¿Dónde vive?

—El domicilio que dio cuando se renovó el DNI fue la calle Verdi 45, segundo piso, de Barcelona.

—Allí no vive —dijo Moisés.

—Pues ese es el que le consta.

—¿Más cosas?

—Sí, que Pere Artigas y Sonsoles Gayán tienen un hijo nacido en 1970.

—¿Un hijo? ¿Cómo es?

—Moisés, estás gilipollas... ¿cómo quieres que lo sepa?

—¿Puedes hacerte con una foto del DNI?

—Está bien. Al final conseguirás que me echen de la policía. Mañana la saco y te la mando por correo electrónico.

—¿Tienes más datos de él?

—Se llama Ramón Artigas Gayán, tiene treinta y nueve años y estuvo en la Legión Extranjera entre los años 1990 y 1994.

—¿Legión Extranjera?

—Sí, la legión francesa. Lo curioso es que en España no fue al servicio militar por excedente de cupo y se alistó en la legión.

—¿Dónde vive?

—En el DNI le sale el mismo domicilio de sus padres, calle Verdi 45, segundo piso.

Moisés se encendió un cigarrillo. Necesitaba atar cabos. Cuando murieron los Bonamusa, el hijo de los Artigas tenía veintiséis años y ya había regresado de Francia, sin embargo no constaba en ningún sitio; aunque tampoco lo había buscado. Un legionario es alguien muy fuerte y entrenado para matar, la descripción del hombre de oscuro que había visto salir del piso de Pere Artigas coincidía con esa posible descripción.

—¿Estás ahí? —le requirió Yonatan—. ¿O estoy hablando solo?

—Estaba pensando.

—Pues piensa luego. De lo otro nada.

—¿De qué otro?

—De tronchar al doctor Mezquita nada de nada.

Imposible. —«Tronchar» en el argot policial significaba hacer una vigilancia a alguien.

—¿Por?

—Los muchachos están la mayoría de vacaciones y al comisario nuevo no le gustan estas cosas. Si los pescaran o si el doctor Mezquita denunciara que lo están siguiendo, rodarían cabezas.

—Entiendo —asintió Moisés.

—¿Va todo bien por ahí? —le preguntó Yonatan, preocupado.

—Voy avanzando poco a poco. Y solamente tengo hasta el 29 de septiembre para terminar la investigación.

—¿El 29 terminas?

Moisés le iba a explicar lo de la muerte a los cincuenta días, pero evitó hacerlo. Yonatan no lo entendería.

—Agur —le dijo.

Los dos interrumpieron la comunicación.

33

En el segundo piso de la calle Verdi número 45 dos hombres conversan sentados en el sofá del amplio comedor. Uno de ellos, el más mayor, sostiene en su mano derecha una humeante taza de café recién hecho. El otro, más joven, está apostado en uno de los ventanales que dan a la calle Verdi, mirando a los peatones que transitan acelerados y entran y salen de los comercios. Los dos, pese a la diferencia de edad, ostentan una poderosa forma física. Pere Artigas ya tiene setenta y siete años y su corazón cabalga presuroso como el de un joven de veinte. Sus manos son fuertes y sus brazos musculados. Conserva la mirada de una bestia a punto de saltar sobre su presa. Ramón Artigas se retira del ventanal y se sienta al lado de su padre.

—El policía de Huesca parece más hábil que los otros —le dice Pere a su hijo.

—Estoy pensando en matarlo antes de que se cumplan los cincuenta días —replica Ramón.

—Qué tonterías tienes, hijo. Ya te dije que eso de la muerte a los cincuenta días era una memez. Ni siquiera sabemos si los investigadores han caído en la cuenta. O el propio doctor Mezquita.

Ramón Artigas se levanta del sofá y pasa a una sala más pequeña que hay al lado del comedor. De una estantería retira un libro. Lo deja sobre la mesita donde reposan las dos tazas de café medio vacías. El título del libro es: *Muerte en Acobamba* de Edelmiro Fraguas.

El hijo le repite la historia a su padre.

—Cuando estuve en la Legión francesa coincidí con muchas personas de Sudamérica —le dice—. Allí son muy religiosos y creyentes y aprendí que la fe por sí sola es capaz de mover montañas, de matar personas, de curar enfermedades.

—Sí, Ramón, en eso estoy de acuerdo contigo, pero la fe es para los que creen en ella. De nada sirve si no eres devoto.

—Sí, pero hasta ahora, que sepamos, el penúltimo investigador y tal vez el policía de Huesca puede que estén más preocupados por la muerte a cincuenta días que por resolver el crimen de los Bonamusa y la desaparición de... —se detuvo unos instantes— Alexia.

—Es posible, hijo, es posible. Pero el doctor Mezquita no se cansa de contratar gente para que la busquen y al final terminarán por encontrarla y entonces...

—Shhh —lo silenció su hijo poniéndole el dedo en los labios—. Mírate, papá. Mira tus ojos brillantes. Tu tez carente de arrugas. Tus manos fuertes. Mira también a mamá. Sus ojos. Los años que le lleva ganados a la muerte. La felicidad de Alexia.

—Dios dispone, hijo.

—No vengas otra vez con esas. No es Dios quien

mandó a los asesinos de los Bonamusa y de no remediarlo también hubieran matado a Alexia.

—Pero no la mataron.

—Por pena.

—La pena es divina, es una cualidad humana...

—Vale, papá, vale. Ya hemos hablado de eso. Hice
lo que tenía que hacer, salvar a la niña y con su sangre
salvar a mamá.

—¿Y el doctor Mezquita?

—Debe de ser el único que sabe lo de la sangre, pero
a la vista está que no ha dicho nada a nadie. Una noticia
como esa saltaría a la prensa de inmediato.

—¿Y a los investigadores?

—Ninguno lo ha mencionado. Pero quién les iba a
creer. Ellos solamente buscan una niña, porque el doctor Eusebio Mezquita les ha contratado para eso. Son
mercenarios.

—Como tú, hijo —dijo Pere Artigas terminando de
sorber el café que se había enfriado.

—Como yo —asintió Ramón incapaz de replicar a
su padre.

34

El martes 25 de agosto y siendo las nueve de la mañana, el teléfono móvil de Moisés Guzmán vibró sobre la mesa de madera de la habitación donde dormía en la pensión Tordera. Era un número oculto y estuvo tentado de no responder, sabía que desde las comisarías siempre entraba la llamada sin identificar. Pero aun así respondió, igual era Yonatan con más noticias del caso.

—Sí —dijo Moisés aclarándose la garganta, la noche anterior se había fumado casi medio paquete de tabaco.

—Hola, Moisés —dijo una voz familiar—, soy José Gimeno, el ex policía local reconvertido en mosso d'esquadra.

—Ah, hola, José, ¿qué tal va todo?

—¿Te he despertado?

—No, hace rato que danzo.

—O sea, sí.

—De policía a policía no te puedo engañar, ¿verdad?

Los dos rieron amigablemente.

—Verás... —Gimeno hizo una pausa— ¿dónde nos podemos ver? Hay cosas que es mejor no comentarlas por teléfono. Los de Asuntos Internos nuestros andan muy liados con lavados de imagen.

—¿Y eso? —se interesó Moisés.

—Algún *polisaurio* le ha pegado una paliza a una detenida en los calabozos de Ciutat Vella y están empezando a rodar cabezas.

A Moisés le hizo gracia la expresión *polisaurio* y supo que se refería a policías a la vieja usanza.

—Pero... si los Mossos sois una policía moderna. —Moisés sonrió.

—Shhh, por el teléfono de la comisaría no —insistió José Gimeno—. Estos tarugos lo deben tener pinchado.

—Pues si quedamos, también oirán dónde lo hacemos —dijo Moisés.

—*Touché*. Entonces quedamos en un sitio, y allí, sin que nadie nos escuche quedamos en otro.

—Al estilo novela de Frederick Forsyth.

—¿Eh?

Moisés supo que no sabía a qué se refería.

—Nada, que es muy de agente secreto lo que propones.

—Bueno. —Omitió comentar la última frase—. Quedamos dentro de una hora en el Paseo de Gracia, frente a La Pedrera de Gaudí.

—OK. Allí estaré.

Los dos colgaron al mismo tiempo.

Moisés se lavó la cara deprisa y se vistió con la misma ropa que había llevado el día anterior. Cruzó el pasillo de la pensión Tordera y salió a la calle a tal velocidad que ni siquiera lo vio el recepcionista que estaba hojeando una revista donde había una mujer desnuda en la portada.

Caminó hacia la avenida Diagonal, ya que utilizaba esa vía como punto de referencia y desde allí fue hasta el Paseo de Gracia. Al llegar ya estaban en la puerta José Gimeno y Juan García. Los tres se estrecharon las manos y Juan le dijo:

—En una hora en la estatua de Colón.

—¿Dónde está? —preguntó Moisés.

—Sigue recto para abajo. Procura callejear un poco para estar seguro de que no te sigan, y cuando puedas cambia a la Rambla, al llegar al mar verás la estatua. No tiene pérdida.

Antes de despedirse José le preguntó:

—¿Ese de las gafas oscuras va contigo?

Moisés se giró de inmediato para ver quién era, pero no había nadie. Solo dos chicas extranjeras muy ligeras de ropa.

Los dos mossos se rieron.

—Es una broma hombre.

Moisés asintió. Le había servido para relajarse.

Cuando llegó a la estatua de Colón, Juan García, el más veterano, ya estaba allí.

—¿Y José? —le preguntó Moisés.

—Hemos quedado en otro sitio. Ven, sígueme. Ya casi estamos.

Los dos se adentraron en el puerto. Callejearon un rato y llegaron hasta un bar vacío de clientes. Ya eran las doce y media del martes 25. El camarero era un hombre ajado y muy mayor que vestía como un auténtico marinero, incluida la gorra.

—*Un tallat* —pidió Juan.

—*Que siguin dos* —dijo José.

Moisés se encogió de hombros.

—Hemos pedido café cortado —le dijo Juan.

—Pues entonces otro —le dijo al camarero.

—Tenemos una noticia buena y otra mala —empezó a hablar Juan García.

—Pues primero la buena, ¿no? —dijo Moisés.

—Sabemos dónde está la señora Sonsoles Gayán Mulero. La mujer de Pere Artigas.

—¿Entonces no está muerta?

—No. No murió nunca. —Juan sonrió—. A la semana siguiente del asesinato de los Bonamusa se fue a vivir a la provincia de Girona, lugar donde reside desde hace trece años.

—¿Cómo sabéis eso?

—Tenemos varios compañeros destinados allí, es la primera provincia donde empezó el despliegue de la Policía Autonómica.

—Vaya —se impresionó Moisés—. En trece años nadie ha sido capaz de encontrarla y vosotros lo habéis hecho en una tarde.

—Nadie la ha buscado —dijo.

—También es verdad —afirmó Moisés.

—Ayer llamé a un compañero de la comandancia de la Guardia Civil de Girona —dijo Juan Sánchez. Moisés recordó que antes de ser mosso había sido guardia civil—. La Brigada de Información exterior estuvo investigando hace diez años a un ex soldado de la Legión francesa. Sospecharon que podría ser un agente y lo siguieron durante un tiempo. No demasiado.

—¿Y eso? —cuestionó Moisés.

—Me ha dicho mi contacto que es normal. Girona está muy cerca de la frontera francesa y se suele investigar mucho el tema del independentismo vasco por el asunto del paso fronterizo. Además allí están los de Terra Lliure.

—Se extinguieron.

—No creas, en Banyoles hay mucho chalado todavía. El caso —siguió hablando Juan— es que investigaron a ese ex legionario por si pudiese ser un agente doble.

—Lo que dije esta mañana —añadió Moisés—, a lo Frederick Forsyth.

Juan García sí que entendió la comparación.

—Lo siguieron durante unos días y vieron que visitaba a una mujer mayor y a una niña en un pueblo de Girona llamado Bescanó.

—¿Una niña? —saltó Moisés, que no pudo contener una exclamación que hizo que el camarero vestido de marinero se girase.

—Shhh, tranquilo, campeón —lo calmó José Gimeno.

—Me dijo que cuando lo siguieron, allá por 1999, la niña debía de tener seis o siete años.

—Es ella —gritó de nuevo Moisés.

—Tranquilo, coño —insistió Juan García—. Finalmente dejaron de seguir al legionario porque vieron que no tenía nada que ver con espías y otras mandangas, pero mi amigo estuvo en esa investigación y se acuerda

de que averiguaron la identidad de esa mujer. Al pedírselo ha repasado los informes y su nombre coincide con
la mujer de Pere Artigas, la señora Sonsoles Gayán.

—¿Y el legionario?

—El hijo de ambos.

—¿Y la niña?

—No lo sabemos. Al ser menor no se investigó,
pero hoy día rondará los dieciséis años.

—¿Y cuál era la mala noticia? —preguntó Moisés.

—Que de eso hace diez años y la señora Sonsoles y
la niña ya no están en Bescanó.

—¿Pero siguen en Girona?

—No lo sabemos —dijo Juan García—, tenemos a
varios compañeros de confianza de la Guardia Civil y
de los Mossos d'Esquadra buscándola. Piensa que la
provincia de Girona está llena de pueblos pequeños y
en alguno solamente hay cinco habitantes.

—O menos. —José Gimeno sonrió.

—Allí hay una comisaría de la Policía Nacional
—dijo Moisés.

—Mejor no implicarlos. Ya no tienen competencias
en materia de seguridad ciudadana y Girona fue la primera provincia donde se hizo efectivo el despliegue de
los Mossos.

—¿Y eso qué significa?

—Que la desidia y antipatía de los Policías Nacionales de allí hacia los Mossos es más alta que en otros
lugares.

—Está bien —asintió Moisés—. No diré nada a la
Policía Nacional de Girona.

35

El miércoles 27 de agosto de 2009 Moisés Guzmán se despertaba de nuevo en lo que estaba siendo su hogar en Barcelona. En el pasillo escuchó voces de alguien que estaba discutiendo y reconoció la voz de Vanesa. Así que abrió la puerta.

La chica sudamericana discutía acaloradamente con un hombre de etnia gitana mucho mayor que ella.

—Te voy a partir la puta boca —le decía el gitano esgrimiendo el puño en alto.

Ella, lejos de amedrentarse lo provocaba más.

—Venga mil hombres, pégame si tienes cojones. Cabrón de mierda.

Al asomar Moisés la cabeza por la puerta de la habitación, el gitano le dijo:

—Y tú que miras, payo.

Moisés pensó que esa no era su guerra, pero no quiso sentirse intimidado. Así que se lo quedó mirando con todos los ojos de policía que pudo poner. El gitano se dio cuenta.

—Vaya, un madero en la pensión —dijo, y se fue escalera abajo soltando todo tipo de insultos.

—Gracias —le dijo Vanesa aproximándose tanto que la piel de Moisés se erizó notablemente.

—De nada —respondió Moisés e hizo el ademán de introducirse de nuevo en la habitación.

—Te lo puedo agradecer de otra forma.

—Hoy no. Otro día —agradeció.

—Antipático —dijo ella sonriendo y se metió en la habitación de al lado.

Moisés se vistió y salió a la calle. Su investigación estaba a expensas de lo que le dijeran los mossos d'esquadra de Ciutat Vella. Hasta entonces no podía hacer nada más, solamente esperar y esperar. Se decidió a visitar la ciudad y recrearse con la Rambla y el Paseo de Gracia. El día anterior había bajado hasta la zona de Colón y aquella parte del puerto le gustó mucho, así que hoy la visitaría con más calma.

«Un día de turismo me vendrá bien», se dijo.

Estuvo caminando por la Rambla y llegó hasta la calle del Carmen, donde torció buscando el Paralelo. Pensó incluso sacar dos entradas para el Bagdad, pero se dijo a sí mismo que luego tendría que echar mano de Vanesa y era algo que quería evitar. No le gustaba la prostitución ni el entorno que la rodeaba. De momento ya tenía un enemigo, el gitano que discutía con la sudamericana, y su tarea en Barcelona se basaba en el anonimato y en darse a conocer poco. En la Rambla compró una navaja a lo Curro Jiménez que vendían en una tienda de regalos. Estaba menos afilada que el mango de una cuchara, pero aparte de que tenía una decoración que daba el pego, creyó que se sentiría más tranquilo portándola encima. La mirada del gitano de la pensión lo dejó inquieto.

En la calle Riera Alta se perdió y anduvo un buen rato despistado por varias calles pequeñas llenas de drogadictos y camellos que se cruzaban entre ellos intercambiando papelinas de droga. Había mucha gente entremezclada y tan pronto se cruzaba con un matrimonio de extranjeros sosteniendo enormes cámaras de fotografiar como con un repartidor de bebidas o un hombre trajeado. En una esquina vio a dos chicos jóvenes, que pese a intentar simular ir mal vestidos, se veía que eran policías. Ellos ni siquiera repararon en él, estaban mirando hacia un balcón donde seguro se haría un pase de droga en breve. Portaban un chaleco que sin duda servía para ocultar sus armas.

Al final de una de esas calles se paró delante de un escaparate acristalado donde vendían relojes digitales a unos precios irrisorios. Por apenas cinco euros podía adquirir un reloj de marca. Moisés pensó que una de dos: o eran robados o eran falsos. El dependiente, seguramente pakistaní, por el aspecto, lo miró con desgana y se entretuvo en apilar unas cajas de cartón con letras chinas grabadas. A través del reflejo del cristal vio Moisés al hombre vestido de oscuro. Era él, se dijo, y estaba justo enfrente de la tienda, a su espalda. Sus miradas se cruzaron cuando Moisés se giró y el hombre de oscuro no hizo ni siquiera el intento de disimular.

Moisés siguió andando por la calle evitando demostrar que se había dado cuenta de que él estaba allí. En la Ronda de San Antonio lo perdió de vista. Miró varias veces hacia atrás, pero ya no le seguía. Respiró hondo y siguió andando hacia el Paralelo.

En la confluencia de la calle San Antonio y la calle de la Cera volvió a ver al hombre de oscuro. Pensó Moisés que era demasiada casualidad. Se sintió amenazado. Torció de nuevo por esa calle, evitando cruzarse con él, y con la intención de regresar hasta la Rambla para volver a la pensión. Vio un portal abierto en la calle del Carmen y se metió dentro. Allí vigilaría al hombre de oscuro en el caso de que pasara por delante. El portal tenía dos accesos y uno de ellos se perdía en un patio interior enorme. A Moisés le recordó la construcción de las favelas brasileñas. Aquello era un auténtico laberinto de escaleras que se perdían por pasillos mugrientos. Anduvo hasta el otro acceso con la intención de buscar otra salida por una de las calles traseras, cuando de repente sintió un pellizco a la altura de los riñones. Se tocó instintivamente y al mirar su mano vio que sangraba. El hombre de oscuro estaba tras él y le había clavado una navaja.

«¿Cómo lo haría esta vez?», pensó Moisés buscando en su cabeza la mejor reacción posible. Seguramente moriría allí con varias papelinas de droga en el bolsillo y la policía diría en su informe que había muerto un drogadicto más en un ajuste de cuentas. El hombre de oscuro era muy fuerte. Un soldado de la Legión Extranjera. Moisés no tenía nada que hacer contra él. Lo reduciría de inmediato e incluso se permitiría el lujo de romperle varios huesos antes.

Moisés lo miró a los ojos. El hombre de oscuro sostenía en su mano el cuchillo y amenazaba con dar alguna puñalada más, pero parecía que estaba calibrando cuánto tiempo tardaría Moisés en sucumbir. Igual con ese único navajazo era suficiente. Moisés aún no se sentía débil y creyó que tardaría varios segundos más en desvanecerse. De actuar tenía que hacerlo ya. Se acordó de la navaja que había comprado antes, pero también se acordó de que no estaba afilada. La tenía en el bolsillo trasero de su pantalón y la maniobra necesaria pasa extraerla era tan complicada que antes de que ni siquiera pudiese abrirla aquel legionario lo habría degollado por completo. Pero era su única oportunidad de sobrevivir.

Moisés se sentó en el suelo como si ya estuviese mareándose. El hombre de oscuro estaba delante de él, con el puñal en la mano. La poca luz de la calle reflejaba la hoja como una pequeña luna vista en el fondo de un pozo. Al sentarse, Moisés puso la mano entre el suelo y su culo, intentando no hacerse daño o eso quiso que pareciera a ojos del hombre de negro, que ni siquiera le prestó atención. Pero Moisés había conseguido con esa maniobra de distracción sacar su navaja del bolsillo trasero del pantalón. Con una mano no podía abrirla, pero echó las dos manos a la espalda como para acomodarse y entonces sí que la abrió. El hombre le dijo:

—Te cuesta morirte, cabrón... ¿verdad?

Moisés teatralizaba su rostro todo lo que podía para que él pensara que estaba a punto de sucumbir. Era su última oportunidad, se dijo. Ahora o nunca. Y con la furia que da saberse muerto se echó a un lado lanzó el cuchillo con toda la fuerza de la que fue capaz hacia los testículos de su agresor. El hombre de oscuro se quedó tan perplejo que apenas tuvo tiempo de reaccionar. Los pantalones vaqueros habían evitado que el cuchillo se clavara en los testículos, pero se hundió una parte de la hoja en la ingle del legionario, obligándole a salir cojeando hacia la calle. Moisés se incorporó y con la camisa completamente manchada salió tras él.

Con los ojos borrosos por la próxima pérdida de conocimiento vio a los dos chicos que había antes en la calle del Carmen, los que identificó como policías. Y efectivamente eran dos mossos d'esquadra de paisano que estaban realizando un servicio antidroga. Los llamó:

—Eh —gritó—. Detengan a ese hombre —señaló con su dedo al hombre de oscuro que se escurría por el interior de un pasaje.

Los agentes fueron tras él y le dieron alcance reduciéndolo de inmediato. A través de una emisora que extrajo uno de ellos del bolsillo de su chaleco solicitó dos ambulancias. Moisés finalmente se desvaneció en medio de la calle.

36

Juan Sánchez y José Gimeno, se desplazaron ese mismo miércoles por la tarde a la localidad de Girona. El contacto que tenían allí y que formaba parte de la Brigada antiterrorista de la Guardia Civil les había dado pistas creíbles de la localización de Sonsoles Gayán Mulero y de la joven que la acompañaba. De camino recibieron una llamada de la comisaría de Ciutat Vella comunicándoles que Moisés Guzmán, al que habían tomado declaración el lunes por la tarde a raíz de la detención de un pederasta en la biblioteca de la avenida Diagonal, había sido ingresado en el Hospital Clínico con herida grave de arma blanca.

—¿Qué? —preguntó confuso Juan García al enterarse de la noticia.

Los agentes que intervinieron en la calle del Carmen le dijeron que un hombre, ya detenido, se debatía entre la vida y la muerte tras haber sido apuñalado en la ingle por Moisés, al parecer en legítima defensa.

—Pero eso es absurdo —dijo Juan García.

—El propio Moisés me ha pedido que le llame —dijo el mosso.

—¿Está bien?

—Malherido y ha perdido mucha sangre, pero los médicos dicen que está fuera de peligro. Respecto al otro, al que aún no hemos identificado, seguramente no llegue a la noche. Está realmente jodido —dijo el agente.

José García ya supuso quién era.

—Busquen en los archivos del DNI a un tal... ¿cómo se llamaba el tío? —le preguntó a José Gimeno, que conducía el coche.

—Ramón Artigas —dijo torciendo el rostro—. Alias el legionario.

—Eso —repitió Juan García a su interlocutor—. Busquen en el DNI a un tal Ramón Artigas Gayán. Estoy casi seguro de que es el agresor de Moisés Guzmán.

—Así lo haremos.

—Nosotros vamos de camino a Girona —dijo Juan García—. Cualquier cambio de estado de ambos me lo comunican por teléfono.

El agente que le había llamado asintió e interrumpieron la comunicación.

—¿Qué ocurre? —le preguntó entonces José.

—Moisés hospitalizado por herida de arma blanca y su agresor detenido. Seguramente es el legionario hijo de los Artigas.

—¿Y por qué querría matarlo?

—Seguramente se estaba acercando demasiado.

—¿A quién?

—A su madre y a la niña secuestrada.

—¿Y para qué? —cuestionó José Gimeno—. No

entiendo por qué esa obcecación en matar a los investigadores que siguen a la niña.

—Para protegerla. Para que siga oculta.

—Pues entonces es que no quieren que se la encuentre por algo.

—Supongo —asintió Juan García.

—¿Y qué puede ser?

—Cuando lo sepamos habremos solucionado el crimen de los Bonamusa.

—Eso espero —dijo José Gimeno, mientras sus ojos se concentraban en la carretera.

Al llegar a Girona se pusieron en contacto con un agente de la Guardia Civil destinado en la Comandancia. Este los llevó a una planta de la parte de arriba y les dijo que ya sabían dónde estaba Sonsoles Gayán.

—¿Para qué la buscáis? —les preguntó.

—Cuando la encontremos, lo sabremos —respondió Juan García.

En un coche camuflado, es decir, sin distintivos policiales, condujeron hasta Banyoles y desde allí se dirigieron hasta un pequeño pueblo llamado Vilamarí. En la entrada dejaron el coche y caminaron a pie hasta una casa cerca de una ermita. Era una casa de una sola planta y a través de la ventana que había inmediatamente al lado de la puerta observaron a una mujer mayor y una chica joven sentadas en la cocina comiendo. No vieron a los agentes a pesar de que ellos no hicieron nada por ocultarse. Llegaron hasta la puerta y llamaron al timbre.

La mujer mayor abrió.

—Señora Sonsoles —dijo Juan García—. Tenemos que hablar.

—¿Qué pasa, mamá? —preguntó la chica joven.

La señora Sonsoles Gayán cogió aire. Miró directamente a Alexia que estaba a su lado. Luego miró a los agentes. Posó sus ojos sobre cada uno de los tres, como si estuviera censurándoles su presencia allí.

—Lo hice para protegerla —dijo.

El guardia civil que acompañaba a los mossos d'esquadra se encogió de hombros.

—¿De quién? —preguntó Juan García.

Sonsoles no quiso hablar más, por temor a que dijera más de lo que aquellos policías pensaban oír. No sabía si solamente querían averiguar por qué ocultaba a una chica desaparecida en Barcelona hacía trece años o por qué se refugiaba en ese pueblo prácticamente vacío o quizás iban buscando a su hijo Ramón o les mandaba el doctor Mezquita, que finalmente había dado con la pequeña Alexia, o sabían lo de la sangre. El caso es que Sonsoles no quiso hablar más y solamente preguntó:

—¿Estoy detenida?

Juan García, contrariado no supo qué decir. Ciertamente no estaba detenida y solamente buscaba una respuesta que aquella mujer no les iba a dar.

—¿Ella es Alexia Bonamusa?

Sonsoles volvió a mirar a la chica. De nada le hubiera servido mentir. Si eso es lo que buscaban, eso tendrían.

—Así es —dijo Sonsoles mirándola a los ojos.

Juan García y José Gimeno se fijaron al mismo tiempo que Alexia tenía marcas en los antebrazos, en los dos, de extracciones de sangre. El guardia civil que los acompañaba pensó que era drogadicta. Pero los mossos d'esquadra sabían que de pequeña, antes se ser secuestrada, había padecido una terrible enfermedad que amenazó con matarla. Seguramente no fue así gracias al tratamiento fruto de las investigaciones de sus padres. Ahí tenían la explicación de los pinchazos en los brazos: se estaba metiendo algo que le curaba su enfermedad.

Si Sonsoles Gayán no hubiese llevado manga larga, como siempre hacía, los agentes también habrían visto que ella tenía los mismos pinchazos en sus brazos.

—Nos tendrán que acompañar a comisaría —dijo José Gimeno, más impulsivo.

Juan García lo censuró con la mirada. Ambos sabían que sin pruebas no podían detener a ninguna de las dos mujeres. Además... ¿de qué las acusaban? Era cierto que la niña había sido secuestrada hacía trece años, pero no podían pensar que fue la señora Sonsoles quien lo hizo. Y si lo hizo, en última instancia, fue para protegerla de algo o de alguien.

—¿Tiene usted un hijo, señora Sonsoles? —Juan García sospechó que quizá se ocultaban del legionario; aunque la Brigada antiterrorista de la Guardia Civil ya les dijo que cuando Ramón Artigas regresó de Francia estuvo visitando a las dos mujeres en la casa que tenían entonces en Bescanó. Por lo tanto descartó que él fuera el criminal ya que bien las podría haber matado entonces.

—Sí, agente, tengo un hijo de treinta y nueve años que vive en Barcelona con su padre.

Ella no sabía que su hijo había sido detenido por

intentar matar a un policía nacional de Huesca. Y ni Juan García ni José Gimeno sabían por qué quiso matarlo, pero empezaron a pensar que fue por protegerlas a ellas. ¿Y de qué las protegía? Moisés Guzmán se estaba acercando al lugar donde estaba la pequeña Alexia, de hecho ellos ya la habían encontrado, pero ahora ¿qué?

—¿Viene su hijo a verla?

—Siempre que puede. Pero... ¿por qué me hace usted esas preguntas?

La mujer se empezó a asustar y pensó que quizás le había ocurrido algo a su hijo Ramón, pero de ser así los agentes no le preguntarían si venía a verla. Tanto Juan García como José Gimeno pensaban lo mismo: y ahora que hemos encontrado a la niña, ¿qué hacemos?

Decidieron marcharse y dejar a las dos mujeres tal como las habían encontrado. Siempre podían localizarlas de nuevo. Antes de irse José Gimeno les dijo:

—Si se marchan de Vilamarí comuníquenlo a las autoridades, por favor, puede que tengamos que hacerles algunas preguntas más.

Al guardia civil que les acompañaba, y que no dijo nada en ninguna ocasión, le pareció esa una frase muy de película americana.

De regreso a Barcelona condujo el coche José Gimeno, igual que a la ida, y Juan García aprovechó para hacer un par de llamadas a la comisaría de Ciutat Vella. En la primera le dijeron que Moisés Guzmán evolucionaba favorablemente y que Ramón Artigas había muerto víctima de las heridas producidas en la ingle. En la segunda llamada fue avanzando la solicitud de una orden de entrada y registro en el piso de Pere Artigas, en la calle Verdi cuarenta y cinco, segunda planta.

—¿Y qué pongo en la orden de registro? —preguntó el agente que le cogió la llamada.

—Yo que sé —dijo Juan García—. Adórnala lo suficiente como para que la conceda el juez. Di que hemos reabierto una investigación de hace trece años y que en ese piso se pueden hallar pruebas que nos ayuden a esclarecer los hechos.

El agente dudó pues le parecía un poco precipitado ese tipo de solicitud al juzgado. Pero quien le hablaba, Juan García, era un sargento de los Mossos d'Esquadra y las órdenes estaban para obedecerlas.

—Llegamos en una hora —le dijo Juan García—. Procura que esté preparada para entonces.

—A la orden —dijo el agente y colgó el teléfono.

37

A las cuatro de la tarde el juez de guardia había autorizado la entrada y registro del piso de la calle Verdi. Varios vehículos de los Mossos d'Esquadra se apostaron delante del número 45 para que nadie entrara o saliera, ante el asombro de los vecinos que empezaron a preguntarse qué ocurría allí. Aun así no se arremolinaron como podría haber pasado en otras regiones españolas, ya que la sociedad catalana era independiente hasta para eso. Juan García, cuyos padres habían nacido en Málaga, pensó que si eso hubiese ocurrido en su ciudad natal, la calle estaría a rebosar de curiosos y familiares. Y la calle Verdi, salvo los cuatro coches de la policía que había frente al número 45, tenía la misma apariencia de tranquilidad que podía haber tenido un miércoles por la tarde de cualquier día de agosto.

Un coche de paisano sin distintivos policiales se acercó hasta la casa del juez y lo escoltó hasta el domicilio de los Artigas. El secretario judicial fue en taxi desde los edificios del juzgado con un maletín que contenía la orden de entrada y registro. Rechazó que fuese a buscarlo un coche de la policía y prefirió desplazarse por sus propios medios.

A las cinco y diez comenzaba el registro del piso, en el que no había nadie. El señor Artigas se había desplazado hasta el hospital donde estaba ingresado su hijo, ya cadáver; aunque él aún no lo sabía, los médicos todavía no se lo habían comunicado. Así que la policía tuvo que dar aviso a un cerrajero para que abriera la puerta, lo que demoró la entrada media hora más.

Ante la puerta del segundo piso del número 45 de la calle Verdi estaba el juez, el secretario judicial, Juan García y José Gimeno de los Mossos d'Esquadra, cuatro agentes más que custodiaban la puerta: dos arriba y dos abajo, y un policía de la Brigada de Científica que sería el encargado de recoger muestras, en caso de ser necesario, y de hacer fotografías.

—Sargento —dijo el juez, que hablaba en castellano—, ¿qué estamos buscando?

Juan García pensó lo que iba a decir.

—Como le dije por teléfono, señoría, hemos reabierto una investigación criminal de hace trece años. Aquí —señaló con el dedo hacia el techo—, asesinaron a un matrimonio de médicos.

En esos años el juez no estaba en Barcelona y desconocía el tema.

—Entiendo —asintió.

—Nunca se averiguó quiénes fueron los asesinos —siguió explicando Juan García—, pero después de la muerte de los médicos desapareció la hija del matrimonio y nunca se halló hasta hoy.

—¿Es la chica de Girona de la que me ha hablado?

—Así es —asintió Juan García—. La hemos encontrado en un pueblo llamado Vilamarí.

—¿Y cómo sabe que es ella?

Juan se volvió a encoger de hombros.

—Estamos seguros al noventa por ciento —dijo a falta de una mejor respuesta.

—El noventa por ciento no es el cien por cien —rebatió el juez sonriendo.

—Verá, señoría —quiso argumentar Juan García—, la señora Sonsoles, la mujer del dueño de este piso que vamos a registrar —aclaró—, vive en Girona, la hemos visto esta tarde. Y está acompañada de una chica que coincide con las características físicas de la niña desaparecida hace trece años.

—¿Coincide? —objetó el juez.

—La edad... —dijo mientras rebuscó en su mente algún dato más—. Además ella misma nos ha confesado que la chica es Alexia Bonamusa.

—Ummm —el juez chasqueó los labios—. Espero que sepa lo que hace, agente.

Y firmó la orden de entrada ante la mirada complaciente del secretario judicial.

El cerrajero fracturó la cerradura, esperando hacer el mínimo estropicio posible. Dos agentes de los Mossos d'Esquadra accedieron al interior del piso, registraron todas las habitaciones, y cuando estuvieron seguros de que no había nadie informaron directamente al juez y al secretario, que esperaban en la puerta.

—Empecemos —dijo.

Juan García y José Gimeno entraron los primeros, seguidos del policía de la Brigada de Científica, que portaba una enorme cámara de fotos colgada del pecho y un maletín con útiles para su labor.

Durante poco más de una hora estuvieron registrando el piso de cabo a rabo. Miraron cajones, que no vaciaron, al contrario de lo que muestran en las películas, donde los policías vuelcan toda la ropa en el suelo e incluso se permiten el capricho de romper objetos. Los agentes utilizaban unos guantes de látex y cada vez que cogían algo, lo analizaban y lo dejaban en su sitio; incluso mejor colocado de lo que estaba antes. El secretario judicial portaba una carpeta en la mano y empuñaba un bolígrafo con el que pensaba anotar cualquier efecto que intervinieran. El juez tenía que discernir si era importante para la investigación. Para eso tenía que dejarse convencer por los investigadores Juan García y José Gimeno, que no tenían claro qué buscaban.

En un momento del registro sonó el teléfono móvil de Juan García, en la pantalla vio el nombre de Moisés.

—Disculpen —dijo—. Es importante.

Ni el juez ni el secretario pusieron objeción alguna.

—Sigue tú —le dijo Juan García a José Gimeno, y salió al pasillo de la vivienda con el móvil en la mano, que aún seguía sonando.

—Moisés —dijo nada más descolgar—. Te creía muerto.

—Más muerto que vivo —dijo Moisés desde la habitación del hospital—. Me dan el alta en minutos —dijo.

—Estamos en el piso de Pere Artigas —le informó Juan, pensando que era una buena noticia.

—¿Qué ha ocurrido?

—Supongo que sabrás que quien quiso matarte es Ramón Artigas y que ahora está muerto. Tío, te lo has cargado.

A Moisés no le pareció una buena noticia. Incluso pensó que lo podrían acusar de homicidio por la forma en que le clavó el cuchillo en la ingle.

—¿Estáis registrando el piso por eso?

—Sí y no —respondió Juan García—. Hemos encontrado a la niña en Girona, está con la señora Artigas y en eso nos hemos basado para pedir la entrada y registro del piso.

Moisés trató de hilar los acontecimientos en su cabeza lo mejor que pudo. La historia empezaba a coger forma; aunque había detalles que aún no le encajaban.

—¿Es ella?

—Yo creo que sí, vaya. La señora Sonsoles tampoco lo ha negado —dijo—. Casi seguro que los Artigas fueron los asesinos de los Bonamusa y los secuestradores de Alexia —afirmó Juan García.

Para Moisés parecía demasiado fácil. Había muchos puntos que quedaban en el aire. No tenía sentido que ellos hubieran matado a los doctores para robarles a su hija.

—Sí, además —siguió diciéndole Juan— está el hijo de los Artigas, Ramón el legionario, que te ha querido matar y seguramente fue el que mató a los investigadores anteriores y a los Bonamusa para que sus padres le robaran la niña.

—Déjame pensar —le dijo Moisés—. No te precipites. Creo que no es tan sencillo. Ramón no creo que matara a los Bonamusa. A los doctores los mató alguien ajeno a la familia Artigas. Ramón protegía a sus padres de los detectives que investigaban la desaparición de la niña y lo hacía para que no descubrieran el paradero de Alexia, que es a quien buscaban esos investigadores; como yo.

—La secuestraron los Artigas... —completó la reflexión de Moisés.

—O se la llevaron para protegerla del verdadero asesino.

Moisés no se acordó en ese momento del asunto de los experimentos de oncología de los Bonamusa y pasó por alto recordárselo a Juan García.

—¿Has visto esto? —le dijo José Gimeno a Juan García desde la puerta del piso. En su mano sostenía un libro titulado *Muerte en Acobamba*, de Edelmiro Fraguas.

García se encogió de hombros.

—¿Un libro?

—Sí —le dijo susurrando para que no les oyeran el juez y el secretario que estaban en el interior del piso—. ¿Qué tiene que ver con el caso?

—¿No te acuerdas de que cuando él —señaló con el dedo el teléfono móvil, refiriéndose a Moisés— vino a comisaría llevaba un libro encuadernado por la biblioteca?

Juan García asintió con la barbilla aunque no lo recordaba bien.

—Pues el libro que llevaba Moisés era este mismo —dijo—. ¿No te parece coincidencia?

—Oye, te tengo que dejar, Moisés —se disculpó

García—. Cuando termine el registro del piso te vuelvo a llamar.

Moisés se extrañó de esa repentina interrupción, pero pensó que en cuanto le dieran el alta iría a la calle Verdi a husmear.

38

Justo después de colgar el teléfono, Moisés recibió el alta médica; aunque le advirtieron que no debía hacer esfuerzos innecesarios a riesgo de que se le abrieran los puntos de la espalda. En la puerta de su habitación había una pareja de los Mossos d'Esquadra que cuidaban que nadie entrara. Hasta que no supieran los motivos que llevaron a Ramón Artigas a querer matar a Moisés Guzmán, debía estar escoltado.

—¿Me podéis llevar hasta la calle Verdi? —les pidió Moisés a los mossos que lo vigilaban.

Ellos se encogieron de hombros y se miraron entre sí.

—Allí están ahora Juan García y José Gimeno —les dijo—. Tengo que verlos urgentemente para colaborar con la investigación.

Los dos agentes asintieron. Desde la clínica hasta la calle Verdi apenas había diez minutos si se saltaban los semáforos en rojo, algo que por supuesto harían.

Moisés cogió una bolsa que le entregaron con sus cosas y salió a la calle acompañado por los mossos. En la puerta de la clínica estaba el coche patrulla.

Cuando llegaron a la calle Verdi había un grupo de curiosos, la mayoría de estética «okupa», que observaba lo que hacían tantos agentes y la autoridad judicial en el barrio de Gracia. Se habían arremolinado allí pensando que estaban desalojando una vivienda. El grupo ya se había dado cuenta de que no se trataba de eso y empezaron a dispersarse. Moisés se bajó del coche con dificultad, pues aún le dolía la herida de la espalda, y subió despacio hasta la segunda planta del número 45. Los agentes que lo escoltaban le indicaron a los mossos que custodiaban el edificio que lo dejaran pasar.

Arriba, en el interior de la vivienda, ya estaban terminando el registro. Hasta ese momento no habían encontrado nada que culpabilizara a Pere Artigas o a su hijo de la muerte de los Bonamusa y mucho menos de la desaparición de la pequeña Alexia.

—¿Qué? —preguntó Moisés a Juan García nada más verlo.

El juez y el secretario judicial no le prestaron atención, pensaron que era otro mosso que se sumaba al registro.

—Nada. De momento —respondió Juan García—. El piso está limpio como los chorros del oro.

—Algo tiene que haber en el piso que relacione a los Artigas con Alexia —dijo Moisés visiblemente nervioso. No todos los días se conseguía una entrada y registro por parte de la autoridad judicial.

—Solo esto —dijo José Gimeno con el libro de Edelmiro Fraguas en la mano. Quería ver la reacción de Moisés cuando se lo mostrara.

Moisés arrugó la frente. Era mucha casualidad que el

libro de un autor peruano desconocido como era Edelmiro Fraguas estuviera en la casa de los Artigas. Pensó Moisés que a él mismo le costó una barbaridad hallarlo por internet ya que la edición española no existía.

—¿De qué va ese libro? —le preguntó Juan García al ver el rostro de Moisés impresionado.

—Si te lo digo te mueres de risa —le dijo Moisés tratando de encajar las piezas en su cabeza—. Es una historia, seguramente de ficción, acerca de un grupo peruano que secuestra y mata a sus víctimas pasados cincuentas días justos si no pagan el rescate.

—Cincuenta días —dijo Juan García—. Entonces esa es la explicación de la muerte después de cincuenta días. Así que... ¿Ramón pertenece a ese grupo peruano?

—No, no —dijo Moisés que creía tener la clave de todo—. Ramón es el asesino de los detectives que trabajaron en el caso antes que yo. De hecho casi acaba conmigo.

—¿Y lo de los cincuenta días? —preguntó José Gimeno sosteniendo el libro en la mano.

—Es una estrategia —dijo Moisés—. Debió leer este libro —lo señaló con el dedo— y supo que una vez que matara al primer investigador pasados cincuenta días, los otros, si había más, harían el cálculo y centrarían la investigación en esa línea.

—Una cortina de humo —dijo Juan García.

—Algo así —ratificó Moisés—. Mató a los detectives aplicando el mismo sistema, pensando que todos los que pudieran relacionar esas muertes las achacarían a un grupo de asesinos peruanos.

Tanto Juan García como José Gimeno vieron esa hipótesis muy descabellada, pero la evidencia era clara y nada descartable.

—¿Y quién mató a los Bonamusa? —preguntaron los dos mossos, casi a la vez, a Moisés, que parecía tener explicaciones para todo.

Moisés se silenció un momento.

—¿Vais a registrar el piso de arriba?

Su pregunta hizo que el juez y el secretario, que en ese momento estaban ajenos a la conversación de los policías, torcieran sus cuellos y miraran a Moisés directamente.

—¿El piso de los Bonamusa? —le inquirió Juan García.

—Sí —dijo Moisés—. ¿No es raro que se registre el piso de los sospechosos, como son los Artigas, y no se haga en el piso de los Bonamusa, que es donde ocurrió todo?

—Pero después de trece años habrán desaparecido la totalidad de las pruebas. Seguramente un montón de gente ha entrado en el piso, incluso puede que lo hayan alquilado alguna vez.

—Vamos, Juan —insistió Moisés—. Hace trece años nadie buscó nada. La Policía Nacional de Barcelona estaba en desbandada. Los Mossos d'Esquadra aún no tenían competencias plenas. La Guardia Civil solo actuaba en las zonas rurales. La Guardia Urbana no disponía de medios suficientes para hacer una inspección en condiciones. Y el Gobernador Civil estaba a punto de desaparecer... ¿quién investigó el crimen?

Los dos mossos y tanto el juez como el secretario

se quedaron callados esperando a ver a dónde quería llegar Moisés Guzmán.

—Nadie —dijo Juan García.

—Exacto —repitió Moisés—. Nadie investigó el crimen. Solo un inspector de jefatura: Pedro Salgado. Hastiado y con un resquemor suficiente hacia los mossos como para no hacer nada.

—Bueno —dijo Juan García mirando al juez—. Nos gustaría ampliar la orden de entrada y registro a la vivienda de arriba. —Señaló con el dedo hacia el techo.

39

El juez de instrucción, después de recibir la petición de entrada y registro en el piso donde fueron asesinados los Bonamusa, la desestimó alegando que habían pasado trece años del crimen y que no había indicios bastantes como para sospechar que ahora se fuera a encontrar algo que hiciese avanzar la investigación. Los mossos d'esquadra se quedaron desolados.

—Hay una posibilidad —les dijo Moisés.

Tanto Juan García como José Gimeno se quedaron perplejos.

—¿Cuál?

—Si no se puede entrar por la fuerza lo podremos hacer pidiéndolo al legítimo propietario.

—Claro —corroboró Juan García—. Al hermano que vive en Ávila: Ricard Bonamusa.

Los tres estaban sentados en la sala de la Brigada de Investigación de Ciutat Vella. Empezaba a anochecer y leían cabizbajos el fax recibido del juzgado con la respuesta a la solicitud de entrada y registro del piso de los Bonamusa.

—Igual no quiere venir desde Ávila —dijo José Gimeno.

—No es necesario —aseguró Moisés—. Le podemos llamar por teléfono, decirle lo que queremos hacer y que firme una declaración en la comisaría de Ávila. Desde allí la pueden mandar por fax hasta aquí.

Y Moisés sacó el móvil del bolsillo con intención de llamarle en ese mismo momento.

—No gastes tu dinero —lo interrumpió Juan García descolgando uno de los teléfonos del despacho—. Llama desde aquí.

Había tantas cosas que explicar que Moisés optó por hablar lo menos posible. Le dijo al hermano vivo de los Bonamusa que necesitaban entrar en el piso donde fue asesinado su hermano y su cuñada para volver a realizar la inspección técnico-policial de la Brigada de policía científica de los Mossos d'Esquadra. El hombre no pareció entender a Moisés, pero no puso ningún impedimento. Se limitó a responder con un:

—Me parece bien.

Moisés le explicó que debía ir a la comisaría de la Policía Nacional de Ávila y allí le esperarían unos agentes que ya sabían lo que había que hacer. Ricard Bonamusa asintió enseguida y se ofreció a colaborar con la policía en todo lo que fuese necesario.

Nada más colgar Moisés llamó a un teléfono de información y solicitó el teléfono de la comisaría de Ávila. Cuando lo supo llamó de inmediato y pidió hablar con el jefe de servicio. Enseguida se puso al habla un inspector al que le explicó que en breve llegaría a la comisaría una persona que se identificaría como Ricard

Bonamusa. Únicamente tenían que redactar una lineas que dijesen que autorizaba a los agentes del Cuerpo Nacional de Policía y de los Mossos d'Esquadra, con los correspondientes carnés profesionales, para que accedieran al piso de su propiedad, sito en la calle Verdi 45, tercera planta de Barcelona. El inspector asintió y le dijo que lo haría, sin más, pese a no comprobar si quien le llamaba era realmente un policía nacional, pero le creyó.

—¿Será suficiente? —preguntó José Gimeno.

—Creo que sí —dijo Juan García—. Una autorización por escrito del propietario justifica la entrada en el piso.

Los tres esperaron en el despacho de la Brigada a que llegara el fax de Ávila con la autorización. Durante ese tiempo Juan García estuvo llamando a los de la científica para que se prepararan para el día siguiente. Les dijo que era un piso donde se había cometido un crimen hacía trece años. Los técnicos de la policía científica les dijeron que en el caso de huellas, por ejemplo, aún estarían.

—Intentaremos hacerlo bien —dijo Juan García en voz alta.

En el piso segundo de la calle Verdi número 45 había apostados dos agentes de los Mossos d'Esquadra en la puerta. Esperaban a que regresara del tanatorio Pere Artigas, después de visitar el cuerpo de su hijo Ramón, muerto esa misma tarde. Pere Artigas había llamado a Vilamarí y le había dicho a su mujer Sonsoles y a Alexia que Ramón había muerto. Tanto la madre como la hija lloraron desconsoladamente.

—*El meu fill* —sollozó Sonsoles.

La madre ni siquiera le preguntó a Pere cómo había ocurrido. Él le dijo que había sido intentando proteger a Alexia.

—*Tant de bo hagués mort el doctor Mezquita* —dijo la madre.

Su voz no sonó amenazadora. Ni tan siquiera vengativa. Sabía que tan culpables eran ellos como el doctor Mezquita.

Pere Artigas le dijo que enterrarían a Ramón en Vilamarí, cumpliendo sus últimas voluntades. Al día siguiente iniciaría los trámites para llevar el cuerpo hasta allí. La distancia en coche era de poco más de una hora. Pere le sugirió a su esposa Sonsoles que hablara con el párroco del pueblo para que lo preparara todo para el viernes veintiocho.

—¿Y el policía de Huesca? —le preguntó Sonsoles.

—Por aquí anda —respondió Pere—. No sé si sabe algo o no, pero sigue investigando.

—Aquí han venido unos mossos d'esquadra —dijo Sonsoles.

—¿Han visto a Alexia?

—Sí —le dijo ella—, pero ya sabíamos que no la podíamos esconder por mucho tiempo.

—¿Y lo de la sangre?

—Seguramente el doctor Mezquita ya lo habrá dicho. ¿Sabes? —le dijo Sonsoles a su marido—, creo, después de reflexionar durante estos años, que fue el doctor Mezquita quien los mató.

—Pero ese hombre no pudo hacerlo solo —rebatió Pere Artigas—. Además ellos eran sus amigos. Ya te he dicho muchas veces que no fue él. La policía lo investigó y no hallaron ninguna prueba que lo acusara.

—Bueno, el viernes nos vemos en el entierro de Ramón —dijo finalmente Sonsoles—. Esta noche le contaré a Alexia la verdad.

—¿Lo harás?

—Sí, Pere. En dos años será mayor de edad y tiene que saber lo que pasó.

—No le digas lo que Ramón hizo.

—Lo hizo por ella.

—Sí, pero estuvo mal.

—¿Sabes? —dijo Sonsoles a punto de llorar—. Quizá hubiese sido mejor que yo hubiera muerto y Alexia hubiese sido entregada a su tío Ricard para que se hiciese cargo de ella.

—Hubiera pasado de la niña y ahora sería una infeliz.

—O no. Nunca lo sabremos —dijo Sonsoles antes de colgar.

40

El jueves por la mañana, a las nueve y un minuto, los agentes de los Mossos d'Esquadra, acompañados de tres policías de la Brigada de Científica, entraban en el tercer piso de la calle Verdi número 45. Un cerrajero les abrió la puerta en menos de un minuto. La única llave que conocían estaba en manos de Ricard Bonamusa y no podían esperar a que este la enviara desde Ávila.

Hallaron el interior de la vivienda, presumiblemente, tal como la dejaron los asesinos de los Bonamusa el 15 de agosto de 1996. El piso estaba completamente revuelto. Los armarios de las habitaciones tumbados en el suelo. Los cajones de los muebles sacados y vueltos hacia abajo. Las bombillas de las lámparas rotas. En el suelo de la habitación había una mancha de sangre que a pesar de querer limpiarla había filtrado y que debió de pertenecer a Albert Bonamusa. En una mesita próxima, a apenas un metro, había una figura de bronce de un caballo montado por un jinete con cabeza de hiena. Moisés recordó que esa había sido el arma que dijeron que había utilizado Albert para matar a su esposa. En la habitación de planchar había más sangre en el suelo y en la pared; aunque en menor cantidad. Allí fue donde encontraron el cuerpo de Felisa Paricio, la madre de Alexia.

—Alguien podría haber limpiado esto —dijo José Gimeno.

Para Juan García no tenía importancia que no hubiesen recogido y limpiado el piso, ya que eso era una ventaja a la hora de investigar el crimen trece años después.

—La figura de bronce —señaló Moisés—. Esa fue el arma homicida.

Uno de los agentes de la policía científica la cogió con la mano enguantada y la estuvo mirando a través de una lente de gran potencia.

—Hay restos de sangre —dijo.

—¿Cuándo sabremos algo? —preguntó Moisés.

—¿De la sangre? —preguntó a su vez el policía de la científica.

—Sí, sí. Y de las huellas.

—Media hora a lo sumo.

—Pero eso es imposible. Ni los americanos. —Moisés sonrió.

Los policías de la Brigada de científica habían traído todo el instrumental y, salvo para las pruebas de ADN, con lo que había en la habitación podían hacer cualquier tipo de analítica sanguínea o dactilar.

El policía de científica más joven no dejaba de hacer fotos con una cámara y al lado de cada figura ponía una regla amarilla que indicaba el tamaño del objeto que fotografiaba en esos momentos.

Mientras Juan García, José Gimeno y Moisés Guzmán husmeaban por la habitación, los técnicos de científica recogían muestras, analizaban restos y hacían fotografías.

—Menuda sangría —dijo García, que junto a Gimeno ya habían visionado las fotografías que se hicieron trece años antes, pero sobre el terreno las cosas producían más escalofrío.

Todos sabían que los detectives podían hacer bien poco y que el peso de la investigación recaía sobre los agentes de científica. Las muestras recogidas hablarían por sí solas.

El agente más veterano del gabinete de científica fue el primero que siguió una pista de la posición que pudo ocupar la niña en el momento del crimen. Cuando sucedió era muy tarde y se suponía que una niña de tres años debía estar en su cuna, pero no fue así.

—¿No? —dijo Juan García.

—No —confirmó el agente de científica—. Las sábanas están recién lavadas, es decir, fueron lavadas hace trece años y no durmió en la cuna después de eso.

—Pudieron cambiarlas con posterioridad —dijo Moisés Guzmán, pensando que después de trece años todo sería distinto.

—No —aseveró Juan García—. Mira —dijo mientras sacaba varias fotos de un álbum que trajeron de la comisaría de Ciutat Vella—. ¿Ves?, la cuna está igual que entonces. La niña no durmió en ella esa noche.

—No estaba en el piso cuando mataron a sus padres —dijeron José Gimeno y Moisés Guzmán al mismo tiempo.

Para Moisés la respuesta estaba clara.

—La niña estuvo en el piso de abajo —dijo señalando—. En casa de los Artigas.

Tenía lógica, ya que después de trece años ella seguía con Sonsoles en Vilamarí. Así que nadie la raptó, sino que los Artigas se la llevaron para protegerla de los asesinos de sus padres.

Juan García y José Gimeno cayeron en la cuenta de que Sonsoles Gayán era una mujer excesivamente vigorosa y fuerte para la edad que debía de tener. Algo que ya le habían dicho a Moisés, que a su vez les explicó lo del experimento de los doctores Bonamusa para salvar a la hija que tenía una enfermedad terminal: la peste de los huesos, les dijo.

—Pues aquella chica que vimos en Vilamarí no parecía muy enferma —dijo Gimeno.

—No estaba mala, no —replicó Juan García—. Más bien... estaba buena.

Su compañero lo censuró.

—Juan, joder, que solo es una niña de dieciséis años.

Moisés relacionó el éxito del experimento con la mejora de Sonsoles.

—Claro —dijo en voz alta—. El experimento fue un rotundo éxito y la niña tiene una sangre que cura casi todas las enfermedades. Por eso la buscaban los asesinos de sus padres y por eso la han protegido los Artigas.

Al decir eso, Juan y José, se acordaron de los pinchazos en los brazos de la chica que vieron en Vilamarí.

—Hacen transfusiones de sangre —dijo Juan García.

—¿Son vampiros? —preguntó uno de los policías de científica que seguía recogiendo muestras.

Los tres se rieron.

—No, no —dijo Juan García—. Estamos hablando de otra cosa.

—Entonces —dijo Gimeno—, vinieron buscando a la niña, que no estaba en ese momento en el piso. Los Artigas se quedarían con ella cuando los Bonamusa salían de cena o quedaban con alguien. Por eso algunos de sus amigos nunca la vieron y dijeron que no existía. Mataron a los padres y los Artigas se llevaron a la niña a Vilamarí para protegerla de los asesinos, que la querían para aprovecharse de su sangre.

—O para reproducir el experimento y obtener más sangre y comercializarla —dijo Moisés.

—¿En qué estás pensando? —le preguntó Juan García.

—En la persona que me contrató —dijo—. No quiere saber quién mató a los Bonamusa, eso ya lo sabe. Quiere encontrar a la niña.

—El doctor Mezquita —dijeron Juan y José al unísono.

De los tres policías del gabinete de científica, el más mayor empezó a hablar en voz alta explicando el resultado de las pruebas que estaban haciendo en ese momento. Juan, José y Moisés lo escucharon con atención.

—Qué chapuza —dijo—. Hace trece años debieron de trabajar en este asunto los peores policías que pudieron encontrar.

Como nadie dijo nada, siguió hablando.

—La figura —dijo mostrándola— tiene dos tipos de sangre diferente.

Tras repasar unas anotaciones que tenía al lado del ordenador portátil que consultaba, avanzó:

—Del doctor Bonamusa y de su mujer.

Ninguno de los tres agentes supo a dónde quería ir a parar y lo miraron incrédulos.

—Pues que fue utilizada para matarlos a los dos —dijo—. Eso descarta que uno hubiese matado al otro.

Para ellos no era ningún descubrimiento, ya habían descartado los homicidios cruzados hacía tiempo.

—Hay varias huellas —dijo—. Junto a las huellas de los doctores hay otras distintas. Debe de ser una figura muy peculiar y todo el mundo que entró aquí la manoseó.

—¿Está la del doctor Mezquita? —preguntó Moisés.

El policía de científica se encogió de hombros.

—No lo sabe —dijo Juan García.

—Un momento —solicitó el policía—. Dígame el nombre completo.

—Eusebio Mezquita Cabrero.

—¿Sabe el año de nacimiento?

—Creo que el 49.

El agente tecleó el ordenador portátil y en un par de minutos dijo:

—Aquí está la huella.

En el monitor se veía la huella del doctor.

—Hay que joderse —dijo Moisés—. Así cualquiera.

—Efectivamente —afirmó el policía del gabinete de

científica—. El doctor Mezquita fue la persona que mató a los Bonamusa.

Los tres policías se quedaron boquiabiertos.

—¿Cómo sabe eso? —preguntó Juan García.

—Porque hay varias huellas de sus dedos en la figura de bronce y todas están sobreimpresionadas en las manchas de sangre, lo que indica que cuando salpicó la sangre sus dedos eran los que agarraban la figura.

—¿Eso se podrá utilizar en un tribunal? —preguntó Juan García.

—Sí; aunque un buen abogado lo podrá rebatir —dijo el policía.

—Entonces no sirve —aseguró Moisés—. Ese seguro que trae un buen abogado.

—No preparó el crimen —dijo Gimeno mirando a Juan García, que lo escuchaba impasible.

—¿Por qué dices eso?

—No utilizó guantes. Si lo hubiera preparado se los habría puesto.

—O no pensó que le fueran a pillar por las huellas —dijo Moisés—. Hace trece años no había los avances de ahora.

—Sí, hombre —dijo Juan García—. Todo el mundo sabe que se puede pillar a alguien por las huellas. No hay más que mirar el cine o la televisión.

El policía del gabinete se quedó un rato pensativo. Y luego dijo:

—Es posible que sí que hubiese utilizado guantes.

Tanto Juan García, como José Gimeno y Moisés Guzmán se lo quedaron mirando. Aquel policía de científica parecía saber más de investigar que ellos mismos.

—¿Qué quieres decir? —le preguntó García.

Los ojos del policía se posaron en un guante de piel negra que había sobre una de las estanterías de la habitación de planchar. Estaba, como la mayoría de los objetos, manchado de sangre seca. Lo cogió con mucho cuidado y lo metió dentro de una bolsa de plástico.

—¿Y ese guante? —preguntó Moisés—. Supongo que en su día ya lo habrían tenido en cuenta, ¿no?

Los dos mossos d'esquadra lo miraron con ironía.

—Yo creo que si hace trece años se hubieran encontrado al asesino con la figura de bronce en la mano, ni siquiera hubieran sospechado.

—No me jodas —dijo Moisés—. No eran tan malos entonces.

—El problema —rebatió Juan García— es que aquí vinieron muchos agentes de diferentes cuerpos policiales, pero nadie sabía a quién le correspondía la investigación.

—No me creo que nadie hubiese hecho nada —dijo Moisés.

—Sí que hicieron —salió al paso de la conversación el policía de científica—. Lo que pasa es que en esa época interesaba más la estadística que otra cosa y lo importante era resolver el crimen estadísticamente. Con decir que habían sido unos sicarios de algún país del Este de Europa que asesinaron a los Bonamusa para ajustar alguna cuenta era suficiente. A nadie le interesó que llegase el año 1997 con un crimen de esas características pendiente. Ni al Gobernador Civil, ni al despliegue de la Policía Autonómica y ni siquiera a la Policía Nacional o la Guardia Civil.

—¿Qué tiene que ver la Policía Nacional con esto? —dijo Moisés defendiendo a los suyos.

—Los nacionales —respondió Juan García— estaban interesados en retirarse de Barcelona con el listón bien alto. Quizás un crimen así, sin resolver, sería recordado siempre como un fracaso para ellos.

—Bueno —dijo finalmente el policía de científica—, mientras se entretienen no haciendo nada, yo voy a mandar este guante para que lo analicen. En principio el sospechoso número uno es el doctor Mezquita —afirmó.

—Sí —rebatió Moisés—, pero no hay muestras suyas de ADN para contrastar el resultado.

—¿Quién dice eso? —El policía se rio jocoso—. Hace trece años vinieron los nuestros, los Mossos d'Esquadra —dijo orgulloso—. Y es cierto que no sabían manejar los aparatos costosos que tenían, pero sí que se dedicaron a recoger muestras. No olvide señor Moisés que el doctor Mezquita siempre se tuvo en cuenta como sospechoso del asesinato.

Moisés Guzmán arrugó la barbilla en señal de conformidad.

—No me cabrees al científico —dijo Juan García riendo.

Moisés dejó de hablar, pero su mente se aturulló con una serie de incongruencias de las que fueron partícipes todos los policías que actuaron en ese piso hacía trece años. No comprendía el veterano policía de Huesca cómo fueron capaces de dejar el piso así, y lo que más le atormentaba era el hecho de que la figura que fue utilizada como arma homicida estuviera allí, dentro del

piso y con las mismas manchas de sangre, sin limpiar. La lógica dictaba que esa figura debería estar almacenada en alguna comisaría o entregada al juez junto con el atestado policial. ¿Nadie pensó en eso? Recapacitando se percató de que seguramente se llevaron la figura para analizarla y no sabiendo qué hacer con ella decidieron devolverla a su lugar de origen. Una sola palabra asomó en su análisis de la situación: chapuceros.

41

La noche del 15 de agosto de 1996, regresó a su piso de la calle Verdi el matrimonio Bonamusa. Su hija Alexia la habían dejado en casa de los vecinos de abajo, los Artigas. Venían de cenar junto con el doctor Eusebio Mezquita en un conocido restaurante barcelonés. Durante la cena hablaron del experimento que días antes habían realizado en el Hospital Clínico y de los buenos resultados que habían obtenido. La enfermedad de Alexia desaparecía poco a poco y las pruebas que realizaron a la niña con posterioridad demostraban que la vacuna había sido un éxito. Felisa Paricio, la madre de Alexia, no sabía nada del experimento y se enteró esa misma noche, cuando el vino tinto de la cena soltó la lengua al doctor Mezquita. Se indignó sobremanera cuando supo que su hija había sido utilizada como cobaya. El padre, el doctor Albert Bonamusa, defendió el experimento, ya que gracias a él estaban salvando a la niña de la muerte. En medio de la discusión, salió a relucir la necesidad de hacer ciertos análisis a la niña para dar con la fórmula exacta que permitiera reproducir los ensayos y crear una vacuna. Felisa se negó en redondo, y si con el experimento habían conseguido sanar a su hija, eso ya era suficiente para ella. Pero no para el doctor Eusebio Mezquita, que vio la posibilidad de alcanzar la cima de la medicina, incluso llegó a mencionar en un par de ocasiones el premio Nobel.

Bastante molestos, se fueron todos del restaurante y el doctor Mezquita se ofreció a ir con ellos a su casa para seguir hablando, pero Albert Bonamusa le dijo que no era el mejor momento y que ya hablarían al día siguiente con más calma y más sobrios, pues habían bebido demasiado esa noche.

Al llegar al piso de la calle Verdi número 45, Felisa subió por las escaleras, como siempre, y se entretuvo hablando con los vecinos del segundo, el matrimonio Artigas, que siempre fueron muy amables con ellos. Felisa estaba cansada y los Artigas se dieron cuenta de ello, por lo que se ofrecieron, al igual que habían hecho en otras ocasiones, a quedarse con la niña esa noche; la pequeña se había quedado dormida en la habitación de invitados. Sonsoles destacó la buena cara que tenía Alexia, como si nunca hubiese estado enferma, y Felisa le explicó que su marido había creado una vacuna que solucionaba esa enfermedad y otras más graves, como el cáncer. La señora Artigas no daba crédito a lo que le estaba diciendo Felisa y pensó que era más fruto de la ingestión de alcohol que de una realidad. Pero ante la insistencia de Felisa los ojos de Sonsoles se abrieron como platos y vio la posibilidad de curarse ella misma, ya que padecía una enfermedad que unida a su avanzada edad acabaría con su vida en breve.

En el transcurso de la conversación, Felisa le dijo que seguramente no sacarían esa vacuna al mercado, ya que tanto su marido como el doctor Mezquita habían perdido la fórmula y necesitaban experimentar con la niña para hallarla de nuevo. La señora Artigas no entendió muy bien a qué se refería, pero la palabra «experimentar» no sonaba muy bien, pues parecía que tratasen a la niña como un conejillo de indias. Mientras las dos mujeres hablaban oyeron pasar el ascensor y no prestaron atención; dentro iban Albert Bonamusa y Eusebio Mezquita, que se habían encontrado en el garaje, aparcando el coche el primero y siguiéndolo para hablar el segundo, diciéndole que tenían que convencer a Felisa de que les dejara experimentar con la niña.

Finalmente Sonsoles Artigas se quedó con la niña, que siguió durmiendo en la habitación de invitados. Felisa terminó de subir hasta el piso, y cuando llegó oyó que los dos doctores discutían acaloradamente sobre el experimento realizado con Alexia. Se escondió en la habitación de planchar con la intención de seguir escuchando la conversación y averiguar hasta dónde estaba dispuesto a llegar su marido para obtener la vacuna que curaría el cáncer. Mientras tanto los doctores siguieron discutiendo y el tono de voz se fue elevando hasta el punto de que más que una discusión parecía una pelea. Felisa no lo vio, pero Eusebio Mezquita atizó un fuerte golpe en la cabeza de su marido, utilizando para ello una figura de bronce que tenían en el comedor, donde un jinete con cabeza de hiena montaba un caballo. El golpe fue mortal, pero Eusebio no lo supo en ese momento.

Felisa, no oyendo ya ningún ruido, se asomó por la puerta de la habitación de planchar, creyendo que el doctor Eusebio Mezquita ya se había ido, pero lo que vio fue bien distinto. Su marido yacía en el suelo malherido y Eusebio Mezquita dada vueltas por la habitación palmoteando como si estuviera pensando qué hacer. De los labios de Felisa surgió un gemido y el doctor advirtió que en el piso había alguien más. Sus ojos se posaron sobre la librería del comedor, donde había unos guantes de piel. Los cogió y se los puso. Pensó que después de la muerte del doctor, lo mejor era no ir dejando huellas por el piso. Anduvo por el pasillo hasta la habitación de planchar. Oyó ruido. Felisa estaba intentando cerrar la puerta con llave, pero antes de que atrancara la cerradura, el doctor Mezquita le dio una patada y golpeó a la señora Bonamusa en la cara. Ella cayó al suelo semiinconsciente. Tenía que actuar, y rápido, se dijo el doctor. Ella había visto cómo mató a su marido y por lo tanto no podía dejar que siguiera con vida. De uno de los cajones de la habitación de planchar extrajo un trozo de cuerda de nailon que utilizaban para tender la ropa. Medía un metro más o menos y el doctor pensó que le serviría para ahogar a Felisa. Así que la cogió por las dos puntas y se la ató alrededor del cuello, mientras ella estaba en el suelo boca abajo reponiéndose del golpe. Pero al utilizar guantes la cuerda resbalaba y no podía hacer fuerza, por lo que se los quitó, sabiendo que en un trozo de cuerda de nailon nunca podrían hallar sus huellas.

Felisa agonizaba y el doctor no conseguía ahogarla con la cuerda, sus manos sudadas y llenas de sangre resbalaban continuamente. Se acercó hasta el comedor donde yacía el cuerpo sin vida de Albert Bonamusa y recogió la figura de bronce que había utilizado para golpearle. Se dirigió de nuevo hasta la habitación de planchar y sin pensárselo dos veces asestó un golpe mortal en la cabeza de Felisa. Luego regresó al comedor y puso la figura en la mano derecha de Albert Bonamusa, queriendo simular que había sido él quien había matado a su esposa. Felisa aún no había muerto y consiguió cerrar por dentro la habitación de planchar, dando una vuelta a la llave que estaba puesta. Se arrastró hasta el teléfono que había al lado de una estantería y lo descolgó, pero no pudo llamar porque cayó fulminada en ese instante.

Eusebio Mezquita se dirigió a la habitación donde pensaba que estaría durmiendo la pequeña Alexia, pero cual fue su sorpresa al ver que no estaba allí. Supuso que al oír el ruido proveniente del comedor asustado y escondido en algún sitio, pero no había tiempo de entretenerse en buscarla, lo importante era salir del piso antes de que llegara la policía y lo pillaran allí.

En el piso de abajo, los Artigas habían escuchado todo el jaleo que se había originado, pero pensaron que el matrimonio estaba discutiendo y no quisieron entrometerse donde no les llamaban, así que siguieron a lo suyo y después de cenar se metieron en la cama.

Al día siguiente se destapó el crimen y al bloque de la calle Verdi número 45 llegaron muchos policías y medios de comunicación. Todos hablaban de la muerte de los Bonamusa y de la desaparición de la niña. Los Artigas no dijeron nada de ella y la mantuvieron encerrada en el cuarto donde dormía en el piso, oculta. Sonsoles Gayán estaba muy enferma y Pere Artigas optó por esperar a ver qué pasaba antes de entregarla a las autoridades.

A la semana siguiente dejaron de venir policías por el piso de los Bonamusa y la prensa hablaba de que la hija del matrimonio había sido secuestrada por los asesinos de sus padres. Sonsoles le contó a su marido lo que le dijo Felisa del experimento contra el cáncer y a él se le ocurrió la idea de extraer una pequeña cantidad de sangre a la niña e inyectarla a su mujer. Pere Artigas dijo que si eso era cierto lo sabrían enseguida. Con una jeringuilla que utilizaba Sonsoles para administrarse un medicamento que se inyectaba tres veces a la semana, se inyectó diez miligramos de sangre de la niña.

Al día siguiente y ante el asombro de Pere, su mujer había mejorado notablemente, tanto que se podía incorporar sin esfuerzo y sus pulmones aquejados de cáncer engullían el aire como si nunca hubieran estado enfermos. Los dos supieron que era cierto lo del experimento médico y seguramente fue el motivo del asesinato de los padres de Alexia. A Pere se le ocurrió la idea de que las dos se refugiaran en un pueblo de la provincia de Girona durante un tiempo, hasta que todo el mundo se olvidara de la chiquilla, ya que los Bonamusa apenas tenían familia y Albert solo tenía un hermano bohemio que siempre pasó de ellos.

Durante años nadie dijo nada. El traspaso de competencias de la Policía Nacional y de la Guardia Civil hacia los Mossos d'Esquadra hizo que la investigación se archivara y todos diesen a Alexia por desaparecida, o incluso muerta. Sonsoles y Alexia se fueron a vivir a Bescanó, en la provincia de Girona, y Pere Artigas y su hijo Ramón las visitaban esporádicamente, siempre intentando no llamar la atención. La salud de los Artigas mejoró increíblemente y una vez a la semana le extraían sangre a la pequeña Alexia, con cualquier excusa que la niña se creía, para inyectársela ellos.

Ramón había regresado hacía tiempo de Francia, allí estuvo sirviendo en la Legión Extranjera, y buscaba encontrar algún empleo con el que salir adelante. Pero mientras vivía en el piso con su padre, en la calle Verdi, se enteraron de que había un detective que iba haciendo preguntas sobre la muerte de los Bonamusa y la desaparición de la hija del matrimonio. Los Artigas nunca supieron quién había matado al matrimonio, y ni siquiera les importó; aunque sabían que el móvil tuvo que ser la pequeña Alexia y las propiedades de su sangre. No era bueno que después de tanto tiempo alguien estuviera indagando sobre el paradero de Alexia, así que Ramón optó por quitarlo de en medio de una forma que no levantara sospechas. El 12 de abril de 2006 simuló un suicidio en el tren que une Masnou y Badalona, de un investigador contratado por Eusebio Mezquita para encontrar a Alexia. Se enteró tiempo después de que era un guardia civil en excedencia y que murió cincuenta días después de pedir la baja del cuerpo. Cuando el doctor Mezquita contrató otro, esta vez un vigilante de seguridad, Ramón supo que también tendría que matarlo, pero se le ocurrió hacerlo de una forma tal que la policía pensara que todas esas muertes eran accidentes y los investigadores, y quién los contrataba, creyeran que había algún tipo de rito o circunstancia extraña detrás de los crímenes. En casa de su padre tenía un libro que se trajo de Francia titulado *Muerte en Acobamba*, de un autor desconocido llamado Edelmiro Fraguas, donde los asesinos mataban a sus víctimas, previamente secuestradas, después de cincuenta días. Se le ocurrió que si seguía esa cadencia, podría meter tal miedo a los investigadores que buscaban a Alexia que enseguida dejarían de seguir indagando y se retirarían del caso.

El doctor Eusebio Mezquita se dio cuenta de esa coincidencia y también temió por su vida; aunque era un hombre muy pragmático y nunca creyó que alguien estuviese matando a sus investigadores, sino que más bien era algo casual. Para el doctor el hecho de que tres personas hubieran muerto por accidente y después de cincuenta días después de empezar a trabajar en el caso de Alexia, no era más que una mera coincidencia. Pero por si acaso se trasladó a vivir a Zaragoza, lo suficientemente lejos de Barcelona para no correr peligro, pero cerca como para poder ir de vez en cuando.

Una vez afincado en Zaragoza el doctor Eusebio Mezquita supo de un policía nacional de Huesca que salía mucho en la prensa. Y así fue como se fijó en Moisés Guzmán y decidió contratarlo. Pensó que los anteriores investigadores habían fracasado al ser de Barcelona y no contar con la colaboración de las distintas policías. Pero un policía nacional tendría más posibilidad de ahondar en la base de datos nacional y ampliar más la búsqueda. Si Alexia estaba en alguna parte de España, ese policía la encontraría.

42

El martes 1 de septiembre de 2009 varios coches de la Policía Nacional de Zaragoza detenían al doctor Eusebio Mezquita en su casa del Paseo Sagasta. La orden partió de la Sala de Coordinación de Barcelona, después de que los Mossos d'Esquadra redactaran el atestado que entregaron al juez, donde quedaba demostrado que el asesinato de los Bonamusa fue perpetrado por el doctor Eusebio Mezquita Cabrero. Las huellas y pruebas de ADN fueron determinantes. El doctor no opuso resistencia y fue trasladado a la Jefatura de Aragón para ser oído en declaración.

Los mossos d'esquadra Juan García y José Gimeno y el policía nacional de Huesca Moisés Guzmán llegaron hasta Vilamarí, el pueblo de la provincia de Girona donde se habían refugiado Sonsoles Gayán y Alexia. Desde la comisaría de Ciutat Vella informaron a la comisaría de Girona de que se iban a desplazar hasta allí.

El día amaneció soleado a excepción de unas tenues nubes que tapaban de vez en cuando el sol y parecían anunciar lluvia en breve.

En la casa estaba la familia al completo: Sonsoles Gayán, Alexia y Pere Artigas. El viernes habían enterrado a su hijo Ramón y esperaban que de un momento a otro llegaran los mossos d'esquadra para detenerlos.

Los agentes aparcaron a la entrada del pueblo y se bajaron del coche. No sabían muy bien qué delito les iban a imputar. El crimen de los Bonamusa ya estaba resuelto y también el asesinato de los tres investigadores anteriores. Respecto al secuestro de Alexia no sabían muy bien cómo enfocarlo. No hubo secuestro ya que no hubo denuncia y además no se retuvo a Alexia contra su voluntad; aunque ignoraban si ella sabía lo que ocurrió la noche del 15 de agosto de 1996. Lo de la sangre era más difícil de explicar. Por lo que sabían, la madre de Alexia nunca quiso ceder a su hija para que experimentaran con ella, algo normal viniendo de una madre.

Juan García, que era quien comandaba la investigación, pensó que a fin de cuentas no tenían nada con que acusar a los Artigas. Hacerse pasar por muerta, como era el caso de Sonsoles Gayán, no era un delito relacionado con el crimen de los Bonamusa. Pere Artigas no había hecho nada, a lo sumo encubrir a un asesino como era su hijo Ramón, pero había que demostrar que él sabía que su hijo mataba a esos investigadores. Y respecto a Alexia, lo único que tenían que hacer era legalizarla. La chica no tenía DNI, pero era obligatorio a los catorce años y tan solo había sobrepasado en dos años ese plazo. Además, a los dieciocho sería mayor de edad y escarbando en su pasado solamente conseguirían que terminara en un Centro de Menores, de donde se escaparía cada día y acabaría siendo una delincuente. Por otra parte la chica tenía un tío, hermano de su padre, que vivía en Ávila, y estaban obligados a comunicarle que su sobrina estaba viva. Entre ellos tendrían que arreglarse con la herencia de los Bonamusa.

Los tres agentes se quedaron delante de la casa hablando sobre eso, mientras que Pere Artigas salió fuera y comenzó a cortar leña para almacenar provisiones para el próximo invierno. Sonsoles Gayán, evitando mirar hacia donde estaban los policías, salió con un cubo de ropa mojada que empezó a tender. Alexia quiso ayudar a su padre y ni siquiera preguntó qué hacían esos policías allí, apostados en la puerta del terreno de la casa. Se acercó hasta Pere y se agachó para coger dos troncos que acaba de partir el anciano. Al hacerlo, la espalda de la chica quedó parcialmente al aire y Moisés Guzmán vio los tres fresones rojos.

Mientras se encendía un cigarro les dijo a Juan García y José Gimeno:

—¡Vamos!... Aquí hemos terminado.